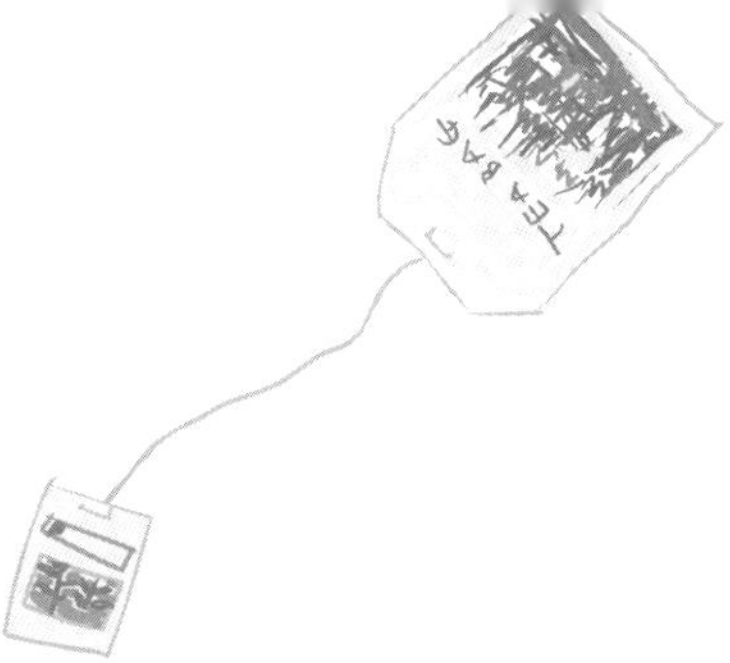

昼下がりの紅茶

小倉敬子
Keiko Ogura

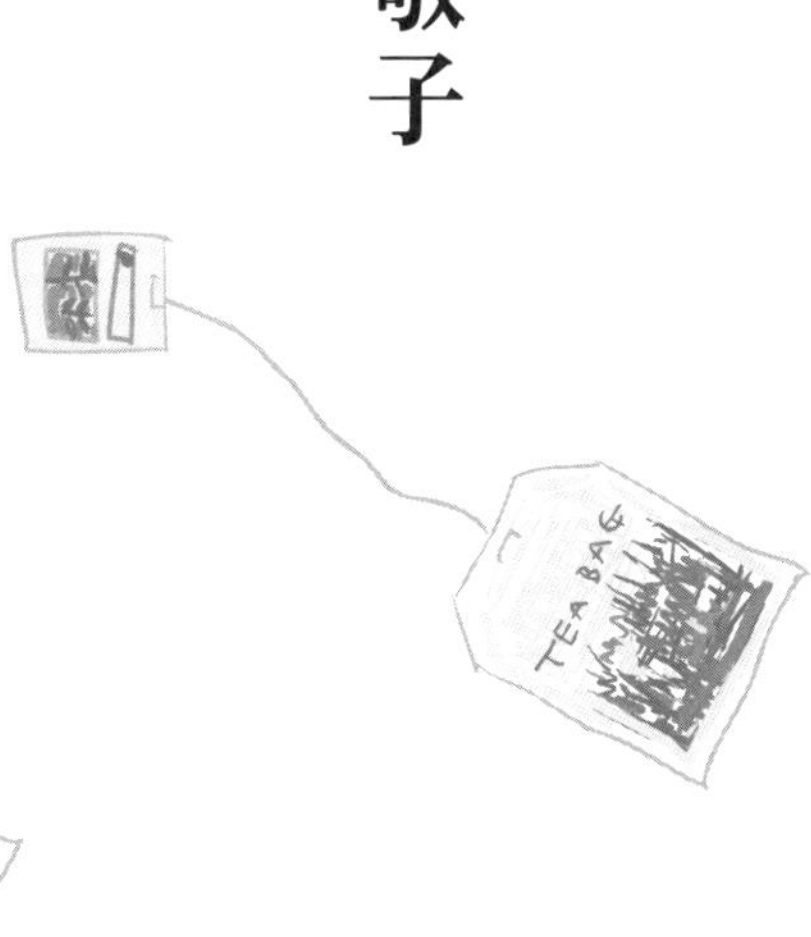

文芸社

はじめに

一九六四年の夏、私は、ライオンズクラブの交換学生として、アメリカで二ヵ月間ホームステイをすることになりました。当時のアメリカは、高速道路や大型家電の普及、冷暖房完備の住宅など、日本とは比べ物にならない近代的な生活環境でしたが、私は、未来の日本も、いずれこうなるのだろうとわくわくしたのを思い出します。翌年は、堺市とバークレイ市の第一回交換学生として再度渡米。そして、この二度の渡米経験が、その後の人生の進路を大きく変えるきっかけになったのです。中学時代から教師を目指していたのですが、帰国後、縁あって海外旅行会社に就職。在職中、欧米、アジア、オセアニアへの添乗経験を通じて、生活レベルは違っても、文化レベルでは、素晴らしい国が世界にはたくさんあることを知りました。

結婚後、夫の転勤で、長男を出産して半年で、古代文明発祥の地であるイラクのバグダッドに赴任することになりました。これまでの西欧諸国と違いイスラム文化圏ということで、かなりのカルチャーギャップがありましたが、現地の方との交流もでき、有意義に過ごすことができました。

一九八〇年代に入ると、日本の高度成長期となり、多くの企業が、海外に支店や工場を開設し、それに伴い日本人家族が駐在員として世界に羽ばたいていきました。我が家もその一員として、長男、次男を伴いカナダのバンクーバーに赴任。

そして、数年後、駐在を終えて、日本に帰ってきたのですが、帰国時には、長男は中学生、次男は小学四年生になっていました。現地校で過ごした二人にとって、日本での生活は、まさに異文化そのものでした。

当時は、学校現場での帰国子女の受け入れ態勢は、必ずしも整備されているとは言えず、異文化の中で育った子どもたちは、祖国であっても、異邦人のような状態に置かれ、戸惑いや摩擦が各地で起こっていました。

これらの背景があり、一九九〇年八月に帰国子女の親の有志で、「LET'S国際ボランティア交流会」を設立し、帰国子女の親の支援、異文化理解、外国人支援に関わる活動を開始しました。また、団体としての活動のみならず、行政や、教育委員会、地域の諸団体との連携、協力などにも広がり、新たな事業の立ち上げにつながったこともあります。

それと同時に、異文化交流アドバイザーとして、新聞のコラムの連載、異文化交流に関する企画や、多文化共生事業等にも関わっていきました。これらの活動を通じて、多くの外国人や駐在経験のある方々との交流も深まり、さまざまな文化、習慣、考え方などの違いを知るとともに、異文化間での共通性などにも数多く出会うこととなりました。

今回発行することになりました「昼下がりの紅茶」は、LET'Sの活動をしばしば紙上で紹介してくださった編集者Mさんの依頼で、女性のための地域情報誌に掲載されたものをまとめたものです。

このコラムは、異文化交流アドバイザーとして受けていましたので、話題も、できるだけ、日本と外国の比較、外国文化の紹介などを中心にした内容にしました。知り合いの方から、「毎月読んでいますよ」という温かい言葉を頂いてはいましたが、やはり心配で、一年ほどして、Mさんに聞いてみたところ、プレゼント応募のアンケートなどでの読者の反応は、結構良かったということでしたので一安心。そして、五年半が経過した時、諸事情で、この情報誌は休刊となったのでした。

休刊の後、Mさんに、将来、掲載したコラムをまとめて出版してもよいか、タイトルの「昼下がりの紅茶」を使ってもいいかと打診をしたところ快く了解していただきました。尤もその時は、いつ出版できるか全く当てがありませんでしたが、今回ようやくまとめてみようと思い、改めて全ての文を読み返してみました。書いてから十年がたち、掲載当時の内容では、現状にそぐわない点もありましたので、少し加筆修正いたしました。

本書が、少しでも諸外国の日常生活や人々の考え方などを理解するきっかけとなったり、また、地域に住んでいる外国人への理解を深めていただく一助になれば幸いです。

昼下がりの紅茶　目次

第一章　昼下がりの紅茶

第二章　夜のコーヒー

第一章

昼下がりの紅茶

旅に出てまで夫の世話は真っ平

ホームステイや短期留学に行くのは、学生が主ですが、子育てを終えた女性や、キャリアウーマン、リタイアした方などの中にも、ホームステイや、語学留学を楽しむ方もいます。友人のAさんは、語学も堪能なため、退職したのをきっかけに、毎年のように、ニュージーランド、カナダなどでホームステイをし、スケッチ三昧の日々を過ごしています。「自然の中で絵を描いているときが、一番ほっとするわ」。絵の仲間と開いた展覧会で、Aさんの顔が輝いていました。

また、最近は、ご夫婦で、ロングステイを楽しむ方も増えたようです。十数年前に、ロングステイ希望者のニーズに対応するためロングステイ財団が設立され、今では、ロングステイに関するさまざまなサポートや、情報提供をしています。当時から、人気のあった、フィリピン、タイ、オーストラリア、スペインはもちろんのこと、インドネシア、マレーシアなどその幅は広がっています。現役時代に駐在して気に入った国に行く人、試しで短期滞在し、気に入ったらロングステイに切り替える人、年金でゆったり過ごせ、安全な地域に行く人など、選択のメニューもさまざまです。

でも、やはり一番の人気は、短期の海外旅行。友人のYさんは、年二回は海外にご夫婦で行かれています。欧米、アジア、南米、東欧へと二人で共通の思い出作りを楽しむ素敵なカップルです。旅行中に知り合った方と、また一緒に旅行に出かけるなど、友達の輪も広がるというおまけ付きです。一方、Kさんは、友人との旅行が主流。もちろんたまには、ご主人と二人で旅行するのですが、やはり友達との方が楽しいとのこと。「どうして?」と聞くと、「楽しい旅の間まで、夫の世話をするなんて、まっぴらよ」とのこと。そういえば、以前の財団の調査でも、男性は、妻と旅行したいと思っている人が多いのに比べ、女性は、友人と旅行したいという人が多いという興味深い結果が出ていたのを思い出しました。

ねばねば「納豆」とバグダッド

最近でこそ全国どこでも売られている納豆ですが、一昔前は、関西方面では、あまり売られていなかったように思います。実際、関西生まれ、関西育ちの私は、大人になるまで、納豆を見たことも食べたこともありませんでした。

今でこそ「なにはなくとも納豆」という納豆好きですが、仕事で上京した時に、同僚のアパートで朝食に出された「生たまごのかかった納豆」は、まさに未知との遭遇。「ねばねばした食品は、体にいいのよ」と言われても、そのねばねばと強烈なにおいに一口でギブアップ。同僚も、大阪育ちの私が、納豆を食べられるとは、思っていなかったようで、「やっぱりね」といった顔で、困っている私を見てニヤニヤ。

結局、納豆が食べられるようになったのは、それから数年後の、バグダッド駐在中でした。出張で来た方のお土産が、なんと納豆。昔の記憶がよみがえりましたが、おいしそうに食べている主人の顔を見ていると、何とも悔しい限り。二歳の息子と、思い切って挑戦。日本食に飢えていたからかもしれませんが、においも気にならず、思わず二人でおいしい！　と顔を合わせたのでした。

ところで、ねばねばした食品が体にいいということは、何も日本だけではないようです。

イラクをはじめ、アラブ諸国では、シチューなどの煮込み料理にはオクラや、モロヘイヤを使います。アブダビから帰国したKさんは、モロヘイヤが大好き。「あの、ねばねば感がたまらないのよね」と、日本でもモロヘイヤを愛用。私は、食べることは食べますが、いまだに好きにはなれません。最近、モロヘイヤ入りのそばを見つけたので試してみました。茶そばに似た緑色をしていますが、味は、普通のそばとさほど変わりありませんでした。これなら、何とか食べられます。ちょっとKさんに近づけたかな。

日本の四季は、住みやすい？

梅雨が明けると日焼けが気になる暑い夏の到来。「暑いわね、連日三十度以上よ。

早く涼しくならないかしら」と口では言うものの、花火大会に盆踊り、朝顔にセミの声、スイカにかき氷といった夏の風物に胸をときめかせるのは、私だけではないでしょう。

今では、昔のように、季節の移り変わりに生活が左右されることは少なくなりましたが、四季折々の衣替え、旬の食材、季節に応じたインテリアなどを楽しむのは、昔も今も同じ。私たち日本人にとっては、季節と生活は、切っても切れない関係です。

でも、私たちが素晴らしいと感じている四季の移り変わりも、外国人には、必ずしも評判が良いわけではありません。暑くても湿度の低い地域や、年中適温の地域から来ている人々にとっては、体調を崩す原因にもなっているそうです。来日当初は、十一月になると寒いと家に籠っていたフィリピンから来たSさんも、子どもが幼稚園に入る頃には、暑さ、寒さもなんのその、すっかり日本の生活に馴染んでいました。

半年が夏で、日中は五十度を超える日もあるイラクでは、洗濯物があっという間に乾きました。おむつは、のりをつけたようにパリッとなるため、毎日手でほぐして使うというのが日課でした。また、湿度が低いため、汗をかく間もなく水分が蒸発し、肌に潤いがなくなりますので、ローションは必需品。駐在中の男性の中には、急激にふける人、白髪が増える人、お酒が弱くなる人などが少なからずいました。

でも、住み慣れるにつれ、この暑さにも慣れてくるから不思議です。単調な気候のイラクから、四月初旬の花冷えのする頃に一時帰国した時には、不安定な気候の影響か、家族全員が体調を崩してしまうありさまでした。住めば都とは、よく言ったものですね。

日本は右端、北米の地図に「目からウロコ」

子どもの頃から見慣れた世界地図。いつも日本は、地図のど真ん中。日付変更線を挟んで太平洋の東側にアメリカ大陸があるのは、日本人の常識です。

ところが、北米で作られる地図で真ん中にあるのは大西洋。「あれ！　日本がない！」と思ったのは、私だけではないでしょう。よくよく探してみると、地図の右端に日本列島が。

地図の右は東、その一番端っこですから極東。それまでは、地理や歴史で、「極東」という言葉が出てきても、アジアの一番東の端という認識しかありませんでした。しかし、この地図に出会ったときは、まさに「目からウロコ」。英語の「ファーイースト」という意味が納得できました。

学生時代、カリフォルニアの地方都市に滞在していた時のことです。近所のおばさんは、私が日本人だと分かると、「日本といえば、ソニー、トヨタ、パナソニック、ヤマハを知っているわ。技術が進んでいるのよね」。日本のことも結構知っているのだなと思ったのもつかの間、「ところで、日本って、中国大陸のどのへんだっけ」と聞かれたときは、ガックリ。以前、オーストラリアでは、南半球を上にした地図を作った人がいました。いつもオーストラリアが地図の下にあるのは不公平だというのがその理由でした。もちろんその地図では、日本は、南のほうにしかも逆方向。日ごろ当たり前のことだと思っていることでも、立場が変われば、地図ひとつでこんなに違うのです。もし、地球儀が手元にありましたら、いろんな角度から眺めてみましょう。

北極や南極を中心に世界を見ると、意外な発見があるかもしれません。

「オペラと能」の意外な共通点

学生時代に、カリフォルニア州のレディングにホームステイしていた時、ホストファミリーに、オレゴン州で行われたシェークスピア祭に連れていってもらったことがあります。野外劇場で演じられるオペラも圧巻ですが、たくさんの方が、毎年恒例行事として、ここに集まり、オペラを楽しんでいるということに驚いたものです。

卒業後、学生の団体の添乗員として、イタリアを訪れた時に行った、野外劇場で上演された「アイーダ」は、とても印象的でした。セリフはもちろんイタリア語ですから、わかりませんが、豪華絢爛な衣装、本物の馬の出現、円形劇場の素晴らしい音響効果には思わずうっとり。

以前、私が関わっている団体で、オペラの講座を開いたことがあります。講師のM氏によると、オペラの原型は、古代ギリシャの催事のひとつであった悲劇の上演だとのこと。これは「ドラオ」と呼ばれ、セリフに曲をつけたり、ソロとコーラスに分かれて歌ったりしていたそうです。その後、「ドラオ」は、ローマに引き継がれ、イタリア語で「作品」を意味する「オペラ」に変わり、現在までその名が受け継がれているということでした。

また、「ドラオ」では、出演者が、お面をつけたり、悲劇の間には喜劇が演じられるなど、日本の能と狂言の関係と通じるところもあったようです。

オペラが、野外劇場や立派な屋内劇場で上演するのと同じように、能も、野外で上演する薪能と能楽堂で上演するものがあるなども共通点です。

いずれも古来より人々に親しまれ、現在にまで受け継がれてきた素晴らしい芸術です。

多少高くても、たまには出かけてみたいものです。「オペラ鑑賞は、事前に時代背景やストーリーを把握していくと楽しみも倍増しますよ」というM氏のアドバイスを心にとめて。

子育て楽しんでますか？

最近、幼児虐待、子育て放棄など痛ましいニュースが多く、心が痛みます。それぞれ事情があるのは分かりますが、たとえ親といえども、子どもが健やかに生きる権利を奪っていいはずはありません。

川崎市内には、外国人の子育てを支援するグループがたくさんあります。初めての子育ては、だれしも不安なもの、しかも事情の分からない外国での子育ては、システムなど分からないこともありますので、支援グループの存在は、地域で子育てをする外国人のお母さんたちにとても喜ばれています。

中国人のTさんは、「ご存じだと思いますが、中国は、一人っ子政策のため、子育てのチャンスはたった一度しかありません。しかも、夫婦共働きが当たり前という社会ですから、子育ては、おばあちゃん任せということが多いですね。私は日本に来て、自分で子どもを育てる機会に恵まれました。いろんなことがありますが、子育てを楽しんでいます。日本に来たからこそできた経験です」と話していました。また、ブラジルから来たWさんは、ブラジル人の子どもたちに母語と母文化を教えるグループを立ち上げました。「同じ国の人が、互いに協力して、日本での子育てを支援しています」とのこと。

私も、生後六ヵ月の長男を連れて、イラクに行ったときは、一ヵ月経たないときに、息子がおなかを壊して、毎日おむつの洗濯で明け暮れたことに加え、地元の病院での診察、インジェクターという注射専門士が毎日来て注射を打つなど戸惑うことばかりでした。その時に、励ましてくれたのは、イラク人の我が家のオーナー夫人であり、駐在中の日本人でした。

一人で抱え込まず、相談できる人がいることは、心強いことです。

子どもは何人いても、一人の子に対する子育ては、一度しかありません。親子で共有できる時間を大切に子育てしたいものですね。

国によって違う明るさへの考え方

　これまで何度も引っ越しをしていますが、日本の家屋は、天井に照明があるため、夜も快適に過ごせます。でも外国では、室内が日本のように明るいところは、あまりない気がします。イラクでも、カナダでも、キッチンには、天井からの照明があり明るかったのですが、リビングや寝室は、壁に取り付けた小ぶりの照明と、ソファー両サイドのランプだけでした。部屋全体は薄暗く、特に子どもたちが、テレビを見たり、本を読んだりするのには、少し明るいほうがいいと思い、オーナーに天井に照明をつけられないかと聞くと、「リビングが明るいなんて聞いたことがない。本を読むときは、ランプの下で読めばいいし、明るすぎるより、薄暗いほうが落ち着いていいんですよ。とにかく、天井に照明をつけるのはNGです」との答え。まあ、郷に入れば郷に従えと、この雰囲気を楽しむことにしました。

　ヨーロッパの中でも特にドイツは、重厚な家具を代々受け継いで使う伝統があるお国柄です。ドイツに住んだAさんは、「家具を長持ちさせるためかもしれないけれど窓が小さく、室内が暗いのが難点ね。でも、物を大切に使う心は、見習うべきだと思うわ」と話していました。それぞれの地域の生活や風土によって、明るさに対する考え方にも違いがあるようです。

バンクーバーのイルミネーションクリスマス

クリスマスシーズンに、イルミネーションで自宅を装飾することは、各地で行われていますが、バンクーバーでは、一味違うイルミネーションが楽しめます。特にイルミネーションツアーに参加すると、市内の主要スポットに連れていってくれるので便利です。市内のメインストリートはもちろんですが、公園や植物園内が、丸ごとイルミネーションで彩られているのは圧巻です。園内はもちろん、ガイドがついて、説明してくれます。また、イルミネーションツアーでは、住宅街にある話題のお宅訪問もコースに入っています。ツアーで訪れるお宅の前では、サンタに扮したご主人が「メリークリスマス！　今年も、貧しい人が年末を温かく過ごせるように募金のご協力をお願いします！」と歓迎してくれます。毎年来ている常連さんも多いこのツアーは、「はいはい、わかっていますよ」というように、一人、また一人と笑顔で、募金箱に小銭を入れて協力します。前庭に飾られた、サンタやトナカイ、毎年趣向を凝らした動く仕掛け、屋根まで飾られたイルミネーションは、子どもたちにも大人気。ここで集まった募金の額は、毎年新聞で公表されるのもユニークです。

また、子どもたちが、サンタさんに手紙を出したり、ショッピングセンターに週末あらわれるサンタさんに、プレゼントのお願いをするのもほほえましい光景です。もちろん、それぞれの自宅では、冬が来る前に暖炉の掃除も怠りません。

クリスマス当日は、教会に出かけた後、家族、友人とともに団欒の時を過ごすのが一般的です。もっとも、カナダにも、一日クリスチャンが多いようですが……。

日本では、クリスマスといえば、ケーキがつきものですが、カナダをはじめ外国では、日本のようなデコレーションケーキはありません。しかし、ドライフルーツが入った日持ちのするケーキを焼き、友人に贈る習慣があり、友人の中には、二ヵ月前から、何日もかけて、準備をする人もいました。このフルーツケーキを薄く切って、生クリームやアイスクリームを添えて食べるのですが、甘すぎるのが難点です。

羨ましい限りの「中国式お正月」

日本の新年は一月一日ですが、中国の人々にとっては、農暦で春節にあたる、いわゆる旧正月（西暦の二月初旬頃）が新年です。しかも、正月休みは十五日間続くということですから、三日しかない日本と比べると、まったく羨ましい限りです。

大みそかは年越しそばを食べながら、除夜の鐘を聞き、初詣に行くというのが日本の風習とすれば、爆竹を鳴らし、明かりをつけ、夜を徹して新年を迎えるのが中国式。この慣わしは、昔、「年」という魔物が、年の瀬になると地上にあらわれ、家畜や人々を襲うため、困った人々は、大きな音を出したり、赤い布をヒラヒラさせたり、火を焚いたりして撃退したという中国の故事来歴に由来するそうです。

台湾出身のOさんによると、新年には、災いを防ぐため玄関のドアの周囲に福を招く言葉が書かれた赤い紙を飾ったり、年賀状や、年賀カードに赤い色を使うことが多いとのこと。考えてみますと、私たちも祝儀袋の水引や、祝日の幕など慶事には、赤い色を好んで使っています。やはり文化的には同じ流れがあるからでしょう。

私が子どもの頃、母は、お正月の来客のために年末には大量のおせちを作っていました。父の仕事柄、多くの来客の接待で、母は忙しく過ごしていましたが、父も接待につかれたのか、ある年から、年末年始は旅行に出るということにし、家族一同やっと落ち着いた新年を迎えることができたのを思い出します。

台湾では、今でも年始客に食事を振る舞うのが通例で、親せき、友人に限らず、来る者拒まず接待する家庭が多いそうです。

何はともあれ、子どもにとってはご馳走を食べ、お年玉をもらえる大イベントであることはいずこも同じですね。

あなたは、柔らかいパン党？

街を歩いていて、パン屋さんが近づくと香ばしいいい匂いがしてきて、思わず足をとめてしまいます。店内には、定番の食パン、フランスパンから、デニッシュ、クロワッサンをはじめたくさんのパンが所狭しと並び、食欲をそそります。そして、気が付くと、レジの前に並んでいる自分を発見。

海外旅行での朝食は、土地柄が出て面白いものです。ホテルでの朝食は、卵やハムが付くアメリカンと、いろんなパンが好きなだけ食べられるコンチネンタルが代表的でしょう。パンにコーヒーか紅茶だけというと物足りないようですが、これが結構おいしく、各地で、いろんなパンに出会えるのが楽しみです。

最近では、インドやパキスタンのナンやチャパティーなども日本で手に入るようになりました。カレーをつけて食べるのはもちろんですが、朝食やスナックとして軽く焼いて、ジャムやバターをつけたり、半分に切って好みのものを詰めたりしています。そうそう、イラクでいつも食べていたパン「ホブス」は、やはり間に食材を入れて食べるのですが、イラクの人は、中の柔らかい部分をとって、周りだけにして、食材を入れて食べていました。

オーストラリア人のZさんは、日本に来て初めて柔らかい食パンに出会い、あまりにも美味しいので毎日一斤を平らげていたそうです。柔らかいので、噛む回数が少なく、すぐに呑み込んでしまうとのこと。これを毎日続けたからたまりません。体重が増え、体調も悪くなってきました。「このままだと、本当に病気になってしまう」と思い、それ以来、従来食べていた硬いパンに替え、しっかり噛んで味わいながら食べるようにしたら、体調も戻ったとのこと。

我が家では、主人は柔らか党、私は胚芽パン、クルミパン、フランスパンなど噛んで味が出てくるパンが大好きです。でも食べすぎは禁物ですね。

セールをチェックする賢い消費者

新聞には、ほぼ毎日、山のような折込チラシが入ります。友人の中には、まったく見ないで処分する方もいますが、目の前にスーパーやディスカウントショップなどのチラシに踊っている「激安」とか「二日間限り」とかいう言葉を見ると、思わずつられて読んでしまいます。また、通販や生協のカタログには、なんだかとても便利そうな商品が並んでいますし、テレビでは、テレビショッピングの番組があり、これも興味をそそられます。

でも、衝動買いして、結局使わないでガレージセールに出すことになったことも少なくありません。今は、買ったら本当に使うか、いま必要かを十分考え、無駄にならないよう心掛けています。

アメリカやカナダでは、リネン類、家具、食器などは、毎年決まった時期にセールがあるため、日頃からウインドーショッピングを楽しみ、必要な品物がどの店にあるか、定価はいくらかなどをチェックし、いざセールとなると、迷わず目的の店に向かいます。なんといっても、バーゲン品でないものが三割から五割安くなるのですから、我慢のし甲斐があるというものです。このセールは、家族全員のシーツや、高価な食器のセットなど買うのに打ってつけです。特にボーンチャイナは、輸入品のため予約制ですので、手に入るのは二ヵ月以上あと。注文を受けてから発注するということの方式は、店にとっても、顧客にとってもいいシステムだと思いました。

また、八月下旬には、「バック・トゥ・スクール・セール」が始まり、新学期に備えて、学用品や、衣類などをまとめ買いする親子でにぎわいます。カナダでは、子どもに関するものは、食品同様消費税がかからないというのも羨ましい限りです。

素敵な花との出会いを求めて……

春になると、何となく散歩に出かけたくなりませんか。街のあちこちの玄関先や窓辺、庭などで、手入れの行き届いた花々に出会うと、そこに住む方の心遣い、優しさが感じられ、幸せな気分になります。

私は出かけることが多く、せっかく植えても水やりを忘れて枯らしてしまうのですが、「マンションのベランダを利用したガーデニング」なんて本を見つけると、つい手に取ってしまいます。素敵なグラビアを見ているだけでも心が和みます。

イラクでは、ブーゲンビリアとバラが年中咲いており、手入れも簡単でしたが、カナダでは、前庭が芝生のため、特に夏の間は、毎日スプリンクラーで水をまき、少なくとも隔週ごとに芝刈りをしなければなりませんでした。これを怠ると大変。庭は垣根がないため、お隣との芝生の高さが違うと、周囲の住人からクレームが来ます。また、冬は、雪が降ると、歩道の雪かきを迅速にするのが住人の役目。もし雪かきが遅れて、歩行者が転んだら、責任をとることに。

芝生の間には、花壇があり、春になると花の苗を一斉に植えるため、どこのお宅でも一瞬のうちにお花畑に変身します。また、市内にある植物園、公園などは季節ごとに花で埋め尽くされますので、何度行っても飽きることはありません。

郊外の森林浴もいいのですが、自宅の周囲を少し散策するのも気軽で楽しいものです。いつもと違った道を歩いてみると、素敵な花との出会いが待っているかもしれません。

生活習慣、食文化で変わるダイエット法

「ダイエット」関連の話題は、年齢に関係なく多くの女性の関心の的。運動系あり、食べ物系ありですが、これまでにもいろんなダイエットが紹介されています。成功した人も、失敗した人も、また、リバウンドで、努力の結果が、結局元の木阿弥という人も。

以前、「低インシュリンダイエット」が話題になった時のことです。低インシュリ

ンダイエットは、ジャガイモ、ニンジン、トウモロコシ、それに、スポンジケーキやうどんなど小麦粉を使った食品を控えることで、リバウンドもなくダイエットできるということでした。ペルーの友人Fさんは、「簡単そうだけど、この方法は、ペルー人には向かないわ。だって、ジャガイモとトウモロコシが食べられないんでしょ。この二つは、ペルー料理には欠かせない食材なのよ」と残念そうでした。その国の生活習慣や食文化によって、ダイエット法も違うということですね。

考えてみますと、それぞれの地域の伝統的な食生活は、その地域の気候風土に一番適したものではないでしょうか。日本では、世界各国の料理が楽しめますが、年を重ねるごとに、若い頃と違い、和食を選ぶことが多くなりました。食物繊維の多い日本食に適応するためでしょうか、日本人の腸は、欧米人より長いそうですから、肉中心の食生活は、体に負担がかかるのかもしれません。

何はともあれ、私たちの体に合ったものを食べるように心掛けることが、ダイエットへの近道かもしれませんね。もちろん「過ぎたるは及ばざるが如し」。食べすぎにはくれぐれもご注意ください。

「年とともに、代謝機能が低くなってきます。痩せることも大切でしょうが、筋力をつけることもお忘れなく!」。主治医からのメッセージです。

ビーズ・アクセサリーの人気の秘密は……

昔は、子どものおもちゃとして、ビーズ・アクセサリーがありましたが、最近のビーズは、とてもカラフルで、デザインも斬新、しかもジュエリーと違い手頃なお値段というのが何とも魅力的です。少し高級なスワロスキーを使うと、多少値が張るものの、結構しゃれたものができるため、年齢に関係なく楽しめます。時々立ち寄る手芸店では、メモを片手に、ビーズ選びをしている方を見かけます。きっと素敵な作品が、頭の中に描かれていることでしょう。

知人の中にも、ビーズを楽しんでいる方が何人かいます。いわゆるネックレスや、ピアスなどのアクセサリーを作る方、動物のストラップ専門に作る方など様々。私は、自分で作ることなく、できた作品の中から気に入ったものを購入するのみですが、時には、希望を言って、オーダーできるのも楽しみのひとつです。

日本では、ビーズは、「南京玉」または、「数珠玉」と呼ばれ、古くから人々の生活に取り入れられています。主には女性の装飾品ですが、仏教で使われる数珠や、カトリックで使われるロザリオなどもビーズの仲間です。

もともと陶器製やガラス製のものが多く、形も丸いものから細長いものまで様々なものが使われていたようですが、今では、素材もデザインもバラエティーに富んでおり、活用の幅も広がってきています。

軽くてカラフルなビーズは、夏のアクセサリーにぴったり。「ビーズなんて、子どもか若い人のものでしょ」と思っている方、ちょっとアクセサリーコーナーを覗いてみませんか。

「たかがビーズ、されどビーズ」です。

簡単にできる手作りお菓子は、我が家の定番

海外では、日本のように欲しいものが何でも手に入るというわけではありません。

特にケーキなどは、口に合わないことが多く、主婦の悩みの種。日本の食料品店がある地域では、和菓子なども手に入りますが、しょっちゅう買うのも経費がかさみま

す。それでも口に合ったケーキや和菓子を食べたいため、結局は、手作りすることに。

料理が得意な方は、何でも気軽に作れますが、そうでない場合は、なるべく簡単で、しかもおいしいものを教えてもらうに限ります。私もその一人。

バグダッドでは、お隣のイギリス人から、パウンドケーキの簡単な作り方を教えていただきました。日本では、タマゴを別立てにするのが常識でしたが、毎日のようにティータイム用のお菓子を作るイギリスでは、そんな面倒くさいことはしないとのこと。バター、小麦粉、タマゴを一度にボールに入れ、ハンドミキサーで混ぜて焼くだけ。生地のふくらみは多少少ないのですが、味はこれで十分。時には、レモン汁、ココア、マーマレード、ナッツなどを入れ、一味違ったパウンドを。

カナダでは、フランス式のアップルパイ、チーズケーキ、ブラウニー、ジンジャークッキーなどを教えていただきました。特にアップルパイは、生のりんごをそのまま使うため、手間が省けます。多少大雑把で、きめ細かさには欠けますが、いずれも日本のレシピより簡単で、手軽に作れるため、帰国後も我が家の定番になっていました。

また、日本人から学んだものもあります。中でも、特に簡単でよく作ったのは、薄皮の田舎饅頭と、ホットプレートで作るどら焼きです。たくさん作って冷凍しておけば、いつでも楽しめます。

　専門店に行けば、素敵なケーキや和菓子が手軽に買えますが、たまには手作りのお菓子でティータイムを楽しんでみませんか。

ささやかなコレクションにも癒しの効果？

　コレクションといっても人さまざま。消しゴム、鉛筆、バッジ、スティッカー、キャラクターもの、切手、古銭、プリペイドカードなど手軽に集められるものから、香水、食器、貴金属、絵画、骨とう品など高価なものまで、コレクションできないものはありません。

　小さい頃、自分のお気に入りのものを集めた経験はありませんか。私が、小中学生の頃には、切手や古銭の収集が流行っており、私もその一人でした。

　ある時期が過ぎると、関心が薄れ、片付けた場所すら忘れることも。でも、何かの機会に再会すると、当時のことが思い出され、一つ一つ手に取り、思い出にふけることもあります。

もちろん大人になっても、コレクションは楽しいもの。欧米では、バッジコレクターがたくさんおり、各地で交換会が開かれています。ベストや帽子に、集めたバッジをつけ、お互いのコレクションを鑑賞しあうとともに、珍しいバッジを手に入れた時の苦労話にも花が咲きます。また、交換したいバッジは、しっかり別のフェルト布などにつけて、参加者同士で交換します。「大の大人が、バッジごときで」とも思うのですが、何より楽しそうにしている人々の顔を見ていると、なんだかこちらまで幸せな気分になるから不思議です。

たとえ高価なものでなくても、忙しい日々の生活の中で、ほんのささやかな楽しみを与えてくれるコレクションは、一種の癒しなのかもしれません。

もっと気軽に画廊に出かけよう！

読書の秋、芸術の秋、食欲の秋。いずれも捨てがたいものですね。夏バテで弱った体を元気にするには、まず、おいしいものを食べるに限ります。「衣食足りて」というわけではありませんが、読書や芸術はその次になるのも仕方がないことかもしれません。

芸術というと、頭に浮かぶのは、絵画展や演奏会などでしょうか。画家の友人から招待状が届くのもこの時期です。別に作品を買う予定はなくとも、毎年新しい作品に出会えるのが魅力的です。とはいうものの、知らない画廊に入るのは、ちょっと勇気がいります。友人の個展に行ったついでに、お隣も覗いてみることぐらいでしょうか。

画廊のオーナーは、「画家は、自分の作品を一人でも多くの人に見てほしい、また、作品を見てどう感じたかを知りたいものです。ですから、買わないから入りにくいとか思わずに、気軽にドアを開けてください。もし、画家が会場にいる場合は、ぜひ話しかけ、作品を見て思った通りの印象や感想を伝えてください。そのことが、次に良い作品を生みだす原動力になるのです」と話しておられました。

我が家の近くにも、小さな画廊があります。喫茶コーナーもあり、とても入りやすい雰囲気です。気さくなオーナーですので、絵を観るだけではなく、絵の買い方、飾り方、額縁の選び方など気軽に相談できるのも魅力です。「できるだけ多くの絵を鑑賞することです。そして、気に入った絵と出会った時が、買い時です。人と同じように、絵にも出会いがありますね」とアドバイスいただきました。でも、「予算内で」ということをお忘れなく。

ハロウィーンは子どもにとって楽しいイベント

十月三十一日は、ハロウィーン。川崎でも、毎年、ハロウィーンイベントが開催され、たくさんの人が、思い思いの仮装をして楽しんでいます。ハロウィーンは、クリスマスやバレンタイン同様、日本では、本来の意味から少し離れたイベントになってしまっていますが、多くの人が楽しめるのですから、それも良しでしょう。

ハロウィーンは、万聖節といい、日頃、闇の世界にいる悪魔や魔法使いたちが夜になると人間界に現れ、いろんないたずらをする日と言われています。そのため、人々は、家の前にかぼちゃで作ったランプを灯し、室内の明かりをつけ、徹夜で仮装パーティーをするなどして、彼らが家に入り込まないようにするのです。

カナダでは、もちろん大人の仮装パーティーもありますが、子どもたちが思い思いの衣装を着て、「トリック・オア・トリート（いいものをくれないと、いたずらしちゃうよ）」と言いながら、住宅街を一軒一軒回ってお菓子をいただく楽しいイベントでもあります。そのため、お菓子もジュースも、ハロウィーン用の小ぶりのものが売り出されます。

また、十月に入ると各地で、カボチャの大きさを競うコンテストが開催され、優勝者は、新聞やテレビで紹介されます。スーパーマーケットの前には、前日あたりからは、「ご自由にお取りください」と書かれたかぼちゃの山がお目見えします。これをもらって、家族で、「ジャック・オ・ランタン」を作るのも楽しい作業です。ランプの蓋にするため、カボチャの上を少し横に切り、そのあと、中をくりぬき、カッターで、目、鼻、口を切り取り、外から光が見えるようにし、中に太いローソクを立てて火をつけ、蓋をかぶせれば出来上がりです。くりぬいた中身は、スープ、パイ、ケーキなどに変身し、種は炒っておつまみとなります。食卓は、カボチャ一色というのが、その日のメニューですが、「ジャック・オ・ランタン」用のかぼちゃは、残念ながらあまり美味しくありません。

子どもたちが街を回って疲れた頃、ご近所が集まって、ホットワインや紅茶を飲みながら、通りで花火をあげるのが恒例です。カナダでは、街中で花火が楽しめるのは、年に一度、ハロウィーンの日だけですから、あちらこちらで、花火をあげる音が聞こえます。子どもたちは、ホットチョコレートやホットレモネードなどを飲みながら、線香花火などを楽しみます。毎年、初雪が降るのもこの頃で、雪が舞い散る中で、大人も子どもも、オーバーにブーツといういでたちで、花火をあげるという何とも奇妙な光景です。ハロウィーンが終わると、カナダでは長く暗い冬の到来です。

音の強弱で喜怒哀楽を表現する打楽器が面白い

「打楽器ってなあに？」と聞かれたら、みなさん何を想像されますか。和太鼓、ドラム、マラカス、それともマリンバ？

川崎の高津区にある洗足学園音楽大学には、「打楽器資料館」があります。私が関わるＮＰＯでは、この資料館で、打楽器講座を開いたことがあります。日ごろ見られないところですので、当日は多くの方が参加されました。資料館の中には、アフリカをはじめ、世界各地から集められた打楽器が所狭しと飾ってあります。その中には、現代楽器のルーツと思われるものや、動物の頭蓋骨、あごの骨、亀の甲羅などで作られた珍しいものまであり、「これが楽器なの？」と首をかしげるようなものも。要は、音が出るものはすべて打楽器になるというわけです。

そもそも打楽器は、人類が伝達手段として使ったのが始まりとか。材質も、石、木、皮、骨などの自然素材から、青銅、鉄などの金属、ガラス、樹脂と時代とともに多彩になってきています。

また、打楽器の形が、農耕民族と狩猟民族とは明らかに違うというのも面白い点でした。ヨーロッパやアフリカのように、狩猟民族が中心の地域では、小ぶりのもの、中央がくびれたものなど、常に持って移動できる形のものが発達し、日本をはじめアジア諸国のような農耕民族の地域では、持ち歩く必要がないため、和太鼓のような形や、大型のものが多いとのこと。もちろん、リズムも違います。

打楽器を中心とした音楽と踊りは、人類の歴史とともに移り変わり、その時代の人々に親しまれてきました。古代から生活の中で培われたリズムがあるからでしょうか、演奏が始まると、いつの間にか体でリズムをとっているのに気づきます。

音の強弱とテンポで喜怒哀楽を表現できる打楽器の魅力に、ますます惹かれます。

「料理」をエンジョイ　シルバーエイジ

子どもの頃は、月日の経つのが遅く、早く大人になりたいと思ったものですが、今はその反対。あっという間に一年が過ぎてしまいます。

団塊の世代が定年を迎え、街にはたくさんの元気なシニアがあふれています。職業人から、地域人へ切り替えたいという方も多く、定年後の生き方を模索するセミナーや講座は、どこも満員のようです、中でも人気のあるのが、料理とボランティア。

特に男性の料理教室は盛況です。初心者のための講座では、米のとぎ方、包丁の使い方、野菜の切り方など、基礎から一つ一つ学んでいく内容のため、これまで包丁を持ったことがないという方でも安心して参加できます。講座を修了する頃には、一通りのことができるようになりますから、奥様方に好評です。

主婦にとっては、料理は毎日のことですが、男性にとっては、創造性のある何とも魅力的なものだそうです。友人のKさんのご主人は、若い頃から、休みに料理を作るのが趣味のひとつ。Kさんは、「予算を考えずに良い材料をふんだんに使って作るのだから、おいしくできて当然よね。でも、こちらは楽だし、レストランに行ったたと思えば、材料代がかかるといっても知れているから、男性の趣味としては、悪くないわよ」と話していました。

料理ができるに越したことはありませんが、たとえ料理が苦手でも気軽に惣菜を買ってきたり、何とか簡単なものが作れる男性が夫であれば、食事の支度を気にせず、主婦が外出したり、旅行にでかけられるのではないでしょうか。

シルバーエイジのライフスタイルは、これからも変わっていくことでしょう。

歴史をひも解けば、意外と近いサンクトペテルブルク

ロシアの西の端には、「ロシアのパリ」と呼ばれる美しい街、サンクトペテルブルクがあります。十八世紀以来、二百年間はロシアの首都として、また、バルト海に面した西側諸国への玄関口として栄えたところですが、一時は、レニングラードと呼ばれるなど、歴史に翻弄されたところとしても知られています。

フランスのルーブル美術館にも匹敵するエルミタージュ美術館は有名ですから、訪れた方もいらっしゃるかもしれませんね。

日本からは、かなり離れたところにあるサンクトペテルブルクですが、ロシアの中では、親日家が多いところ。

「サンクトペテルブルク大学の日本語科では、多くの学生が日本語や日本文学を学んでいます。また、専門学校まで合わせると、数カ所の教育機関がありますし、小・

中・高校では、日本語が選択科目になっています。もちろん教えるのもロシア人です」と留学生のMさん。以前から青年と親交のあるNさんは、サンクトペテルブルクで日本語を教えているA先生親子を日本に招待しました。来日して驚いたのは、お嬢さんのEさんが小学生にもかかわらず、流暢な日本語を話し、且つ簡単な文章を読み書きできるのを見て、ロシアの外国語教育のレベルの高さを肌で感じた次第です。

Mさんによると「昔、漂流の後たどり着いた日本人がサンクトペテルブルクに住み、現地の人々と親交を深めたのが、そもそも日本との関わりが生まれたきっかけ」とか。そういえば、これまで出会ったロシア人の多くは、サンクトペテルブルク出身だったことに気が付きました。

使ってこそ価値のある食器を楽しんで

皆さんのお宅には、和、洋、中の食器や、ティーセットなど様々な食器があると思いますが、どんな基準で購入し、使っておられるのでしょうか。伊万里、九谷、マイセン、ロイヤルコペンハーゲンなど、いわゆる有名ブランドを愛用している方、白い食器にこだわる方、特にこだわりなく使っている方など様々でしょう。

私は、ブランドであるなしにかかわらず、気に入ったものを使っていますので、我が家の食器棚の中は統一感ゼロ。カナダで購入した、ブランドのボーンチャイナがあるかと思えば、長男が生まれた時から使っているマグカップ、知人の個展で買った果物皿、実家からもらった和食器など千差万別ですが、一つ一つの食器には、出会いのドラマがあります。

例えば、ティーカップは一客ずつ購入し、来客には、気に入ったものを選んでいただきます。中には、同じデザインで、一級品と二級品を揃えたものもあります。二級品といっても、少しの色の違いやくすみ、絵柄のずれがあるぐらいで、裏の印を見ない限り、わからないものがほとんどですから、来客への話題提供にもなります。知り合いの外国人の中には、日本の有名メーカーの洋食器を二級品でフルセット揃えて楽しんでいる方もいますが、上質な食器を手ごろな値段で購入する良い方法だと思います。

「食器は使ってこそ価値があるわ。割れてしまえばおしまいだもの」という阪神淡路大震災を体験した友人の言葉を聞いてからは、来客用の食器も日常に使い、楽しむようにしています。ちょっぴり豊かな気分が味わえます。

憧れのリフォームで快適な住まいに

私たちの生活の中で、住まいは大切な要素のひとつですが、賃貸住宅ならともかく、購入物件の場合は、気に入らないからと言って簡単に買い換えられるというものではありません。年とともに家族構成も変わり、それに伴い生活スタイルも変化していきます。「狭い、間取りが良くない、使い勝手が悪い」などなど、それぞれが抱える悩みを「何とかしたい」と思っている方は多いのではないでしょうか。

書店に行くと、キッチン、リビング、押し入れなどの有効な使い方、整理整頓術の指南本、リフォームの事例集などが所狭しと並んでいますし、テレビでも整理整頓やリフォームに関する番組が増えてきているということは、やはり人々の関心が高いということの表れでしょう。

アメリカやカナダでは、土地に対する資産価値が日本とは違うということもありますが、借家でなくても、住宅が手ごろな価格で手に入るからでしょうか、中古物件を上手に選んで、ライフスタイルに合った生活を楽しんでいます。日本では、少しずつ変わってきているとはいうものの、昔から「住まいは一生もの」と考えられ、価格も高いため、そう簡単に住み替えられる状況ではありません。だからこそ、今ある住居を何とか快適に過ごせるようにしたいという思いが強いのではないでしょうか。

私もこれまで、水回りを中心に何度かリフォームをした経験があります。住んでいるうちに、ここはこうしたほうが便利という思いが募り、自分に合ったキッチンにリフォームしたのがきっかけで、洗面所や収納場所など気になるところに少しずつ手を加えました。限られた予算であるとはいえ、夢を実現するためにあれこれ考えるのは楽しいものです。

たまごとウサギとイースターの関係は？

クリスマスは、キリストの誕生日。では、イースターは？　少し古いですが、映画の「バラバ」では、イエスの処刑三日後の復活の様子が描かれていましたが、この復活を祝うのが復活祭、即ちイースターです。

現在ではキリスト教の行事として知られるイースターですが、もともとは、北欧の豊潤の女神やアングロサクソンの春の女神の名前で、子孫繁栄と春の訪れを祝うお祭りのことをイースターと呼んでいました。この行事が、ちょうどキリスト教の復活祭と同じ頃であったため、この祭りをキリスト教に取り入れたということです。なおイースターは、春分の日以降の最初の満月のすぐ後の日曜日と決められているため、三月下旬から、四月下旬の間で、毎年変わります。

イースターでは、生命の象徴としてたまごが使われます。大人は、ゆでたまごに装飾を施し、子どもは、学校や教会で、ゆでたまごを見つけるエッグハンティングというゲームを楽しみます。また、デパート、ショッピングセンター、スーパーなどでは、子どもたちを対象に塗り絵コンテストが毎年行われ、入賞すると、たまご型やたまごを持ったウサギ（イースターバニー）の形の大きなチョコレートが賞品としてもらえます。カナダ駐在中は、二人の息子も、何度か入賞し、大きなチョコレートを抱えて満足そうでした。

ところでウサギとイースターの関係ですが、エッグハンティングをしているときに、ウサギが現れたというドイツの民話や、初めに紹介したイースター女神の象徴がウサギであったからだとか、いろんな説があるようです。

このように、キリスト教にかかわらず、宗教行事などの中には、古くからその地方に伝わる民話、習慣、風習、伝承などが形を変えて取り入れられていることがよくありますが、特に、異教の民族を取り込んでいく手法としては、効果的だったようです。そういう視点で、さまざまな行事を見ていくといろんな発見があって面白いものです。

思い出が甦るガラス工芸との出会い

ガラスで作られた工芸品は、どこのご家庭にもいくつかあると思います。我が家にも、結婚祝いに頂いたボヘミアングラスの花瓶、カナダの思い出にと購入したクリスタルのかわいいカメさん、小樽の旅のお土産にと主人が買ってきたシュガーポットなどいくつかあります。

中でもクリスタルの動物は、かわいらしく、我が家のカメさんも一匹だと可哀そうな気がして、時々デパートを覗いていましたが、小さくても高価であることに加え、なかなか気に入ったデザインの動物を見つけることはできませんでした。何年かしてやっと見つけたのは、イルカのクリスタル。今は飾り棚の中で仲良く並んでいます。クリスタルのコーナーは、今でもデパートに行くと必ず立ち寄るお気に入りのコーナーであることに変わりはありません。

我が家で一番新顔は、息子の友人から、修学旅行のお土産として頂いた沖縄のガラス工芸品です。高校生のおこづかいで買ったものですから、高価なものではないでしょうが、ブルーを基調にしたとても素敵な色合いの花束です。壁掛けにもなるようですが、おとして壊れるのが心配で、玄関の台の上に飾って楽しんでいます。

高価なものの中には、若いときに買いたいと思って買えなかったものもあります。今でも思い出すのは、イタリアのムラノ島のムラノグラス。ため息の出るような早業で美しい作品が出来上がるのを見て、ぜひ欲しいと思ったのは二十代の頃。「きっといずれは」と思いつつ早や四十年近くが経ってしまいました。

「思い切って買ってきたのよ」。ムラノ島で素敵なワイングラスを見つけてきた友人のSさん。彼女もずっと欲しいと思っていた一人です。しばらくは飾って眺めているそうです。このワイングラスで飲むワインの味は、きっと格別なものでしょう。

印鑑と印章　あなたはこだわり派？

クレジットカードの普及などで、日本でもサインが使われることが多くなりましたが、諸外国のように、何でもサインというわけにはいきません。郵便や宅配便の受け取り、銀行や郵便局の口座の開設、様々な手続きの書類、会社の設立、マイホームの購入時など、印鑑は、私たちの生活に無くてはならないものです。

皆さんのご家庭でも、ネームスタンプや三文判などの認印から、銀行印、実印など何種類もの印鑑をお持ちだと思います。しかも、柘植、水牛、象牙、水晶など、材質も様々。好みで購入する方も多いでしょうが、なかには、印相などに、こだわりを持っている方もおられるでしょう。実は、私もこだわり派。

ところで、古代文明が栄えたメソポタミアでは、サインや印鑑の代わりに、印章（シリンダーシール）を使っていたそうです。バグダッドに住んでいたとき何度か訪れたイラク国立博物館には、多くのシリンダーシールがありました。三センチから五センチぐらいの円筒形のものが多く、周囲には、様々な絵柄が彫ってあります。これを、粘土板の書類の署名代わりに使ったり、荷物や箱を封印する時に粘土の上に転がして貼り付けて、誰の所属の物かが分かるようにしたそうです。絵柄は、人物、動物、生活用具、植物など様々で、シリンダーシールだけ見ていても想像できないのですが、粘土の上に展開する絵をみると、実に様々な絵があり、当時の様子が垣間見られます。

このシリンダーシールを始め、人類にとって貴重な文化遺産が略奪に遭ったことは本当に残念です。

ウクライナ料理で発見、発想は万国共通

ウクライナ料理講習会を開いた時のことです。講師のOさんは、ご家族で来日し、日本語を習得。当日は、とても流暢な日本語で説明してくださいました。もちろん、

レシピも日本語で作成。

当日のメニューは、ウクライナのボルシと黒パン、ジャガイモとカッテージチーズを皮で包んでゆで、サワークリームソースをかけたヴァレニキ、香草ディルがポイントのカッテージチーズときゅうりのサラダでした。

カッテージチーズは、牛乳と酢があれば手軽に作れるヘルシー食材で、ウクライナ料理には欠かせないとのこと。ちょうど、私たちが豆腐を日々使うのと似ています。

ところで、「ボルシ」は、日本では「ボルシチ」と呼ばれていますが、Oさんによると、もともとウクライナ地方の料理であるボルシがロシア全土に広まったとのこと。

ボルシは、スペアリブ、ビート汁、野菜を煮込んで作るのですが、なぜか、玉葱だけは丸ごとナベに。

Oさんは、十分煮込んだ後で、柔らかくなった玉葱を取り出すと、躊躇なくごみ入れにポイ。それを見た参加者が、「切って具にしないのですか」と聞いたところ「だし用ですから使いません」と、にっこり。「柔らかくなっているからおいしいのに勿体ない」と思ったものの、私たち日本人も、煮干、かつおぶし、昆布などでだしをとった後は、佃煮にするとき以外は、ほとんど捨てています。

このように、日本の慣習と違うと思うことでも、自分自身の場合に当てはめてみると、案外同じ発想をしていることがよくあります。特に、食べ物に関しては、たくさんの面白い発見がありそうです。

NOと言う勇気、言わない勇気

海外、特に、欧米で生活していますと、自分の意見をはっきり言うことが求められます。これは、大人であっても子どもであっても同じで、現地の方とお付き合いする中で、はっきりと主張したり、意思表示が出来ないと、仲間に入れてもらえないこともあります。

「阿吽の呼吸」「横並び」「皆と一緒」という言葉が示すように、私たち日本人にとっては、相手の気持ちをおもんぱかったり、全体の調和を第一とすることが、物事をスムーズに進める上で大切だと考えられてきました。しかし、国際化が進む中で、国内に於いても、様々な場面で、外国人と付き合うことが多くなり、「郷に入れば郷に従え」で解決する時代ではなくなってきています。私も、いろんな国の方々とお付き合いする中で、お互いの考え方が必ずしも分かり合える時ばかりではなく、四苦八苦することもあります。

もちろん、日本人同士でも、同じことがないわけではありません。以前、息子が、「帰国後何年かは、外国で生活していたときと同じように、意見をはっきり言ったり、主張を曲げなかったことがあったが、そのうちに、言わない勇気が必要だと感じるようになった」と、話していました。自分の意見は持ちながらも、時と場合によっては主張しないほうがうまくいく場合もあるということを体感したのでしょう。

いろんな立場の人が集まると、意見がまとまらないこともあります。相手を変えることが難しい場合でも、目的を達成するためには、「ＮＯと言わない勇気」で事態を解決しなければならないことも少なくありません。

#「世界を旅する」お茶よもやま話　その一

世界各国には、様々なお茶がありますが、なかでも、中国のお茶は、韓国・日本・インド・中東・ヨーロッパに渡り、それぞれ独自のお茶文化を花開かせています。

私たち日本人に一番馴染みの深いのは、もちろん緑茶。何気なく日々飲んでいるお茶ですが、日本にお茶が伝わった当時は、一部の特権階級の人々が楽しむ嗜好品であったようです。その後、茶道が生まれ、日本文化の「わび・さび」の世界が展開されるようになりました。ほろ苦い抹茶とお茶請けの甘いお菓子の取り合わせは絶妙で、日本を訪れる外国人にも人気があります。国際交流の会場では、必ずと言っていいほど、お茶の体験コーナーがあり、神妙にお茶を飲んでいる外国人を見掛けます。

さて、日本茶の産地として、静岡・宇治などが有名ですが、中国茶では福建省が有名です。友人の中国人のKさんは、「福建省には、たった四本しかないという中国で一番高価なお茶の木があり、中国人でも、ごく一部の人しか飲めません。また、その木は代々特定の家が管理し、四六時中警備の者がついて盗まれないようにしているのです。日本のテレビ番組でも紹介されたことがあるので、ご覧になった方もおられるかも知れませんね」と話していました。

たくさんの油を使う中華料理に欠かせないのが中国茶。食事中に何杯も飲む中国茶が健康の秘訣。最近では、中国茶を専門に扱う茶芸店も何軒かできています。可愛らしい中国茶器で楽しむお茶は、また格別のものです。ショッピング、散策の途中で、中国茶を楽しむのもお洒落では？

健康、老いを考えた四十肩（五十肩）

五十代に入った頃のことですが、突然左肩が痛み出し、いつまで経っても治らないため、かかりつけの接骨院に行くと、四十肩とのこと。広辞苑によると、「四十肩は五十肩とも言い、筋肉の老化現象の一つで、痛みを伴うが、半年から一年で治る」と書かれていました。今後ずっと続くものではないと言うものの、夜中に痛みで目が覚めることもあり、本当に治るのか心配でしたが、数カ月経ってようやく左肩は回復の兆しが見えてきました。しかし、ほっとしたのも束の間、今度は右肩。「左が治る頃には、ほとんどの人が右に来るよ」と接骨院の先生がおっしゃっていた通りになりました。

とにかく、洋服を着たり、高い所のものを取ったり、吊革に掴まったり出来ないことはつらいものです。知人、友人に話すと、「わたしもよ」とか「去年なった」とか言う方がいっぱいなのには驚きました。特に後遺症が残るというものではないからでしょうか、私のようにおたおたせず、皆さん淡々とその状況を受け止めておられるように思われます。

先日、中国で外科医をしていたTさんに、四十肩のことを話しますと、「中国でもありますが、若い時から太極拳や、ヨガ、練功法などを続けていると四十肩になりにくいですね」と言われていました。

アメリカ人のRさんによると、「英語では、凍った肩とか硬直した肩という表現を使う」とのこと。どうやら、四十肩は、万国共通のことのようです。

ほんの一時期の不自由さですが、健康について、また、老いについて考えさせられた出来事でした。

実りの秋、果物の話あれこれ

果物は、世界中にありますが、気候、風土により種類は様々。日本に来る外国人の多くが初めて出会う果物は、梨と柿でしょう。バングラデシュのRさんも、「初めて食べましたが、とても美味しいですね」と、おっしゃっていました。

ところで、柿は英語でパーシモンという名前があるのですが、アメリカやカナダの友人に聞いても知っている方はほとんどいませんでした。また、日本の梨は、西洋梨とは硬さも味も違いますので、まるで別の果物のようです。

日本では、様々な果物が輸入されていますから、世界各国の果物を楽しむことが出来ますが、やはり、生産地で食べるに越したことはありません。明るい太陽と開放的な雰囲気のハワイで食べるパイナップル、マンゴー、パパイアなどの味は格別だと思いませんか。カナダのバンクーバーでは、なぜか秋になると二十世紀梨とみかんが日本から大量に入荷し、スーパーに山積みされます。商品名は、そのものずばり、二十センチュリー。みかんは、マンダリンオレンジと書いてありますが、箱を見ると主に、愛媛みかんでした。どちらも、輸入品であるにもかかわらず、日本よりも安いのが不思議でした。また、日本のりんごは、品種改良により、様々な種類がありますが、カナダのりんごは、原種に近く、小ぶりで、硬く、酸っぱいのが特徴。りんごは、そのままでも美味しいですが、皮ごと切ってレンジで数分温めるとおなかに良いとか。また、駐在中に教わった、フランス風のパイは、作り方も簡単。タルト生地の上に、数個の薄切りのりんごを適当に並べ、バター九十グラム、卵三個、砂糖百八十グラム、粉四十グラムを混ぜて流し込んだ後、シナモンをたっぷりかけて二十分ほど焼くだけ。ぜひお試しください。

年賀状は、メールよりも郵便で

電話やメールの発達で、はがきや手紙を出す機会が少なくなりましたが、一年に一度の暑中見舞いや年賀状も、メールで済ませる方が多くなっているのは残念です。画面がカラフルで、音楽が流れたり、様々な動きがあるのは、それはそれで面白いのですが、やはり、郵送される便りには、送り手の心遣いが感じられ、心が和みます。

中でも、元旦に届く年賀状は、また、格別です。

最近は、パソコンを使って作成したものや、得意な絵手紙を活用するなど個性豊かな年賀状があり、工夫の後がうかがえ楽しいものです。もちろん、手書きですべて作成している方も。ところで、パソコンも絵手紙も苦手という方には、誰でも楽しめる牛乳書がお勧め。イメージとしては、子どもの頃作ったあぶり出しとよく似ています。以前、私も市内で開催された講座で体験してきましたが、牛乳で書いた文字がくっきりと浮かび上がる牛乳書の魅力に参加者全員大満足。小学校以来筆を持ったことがないという方もおられましたが、久々童心に返り、会場は、笑顔であふれていました。

毎年、海外の友人から届くクリスマスカードも楽しみの一つです。ホームステイでお世話になったアメリカのH夫妻、イラクでお隣りに住んでいたイギリスのM夫妻、カナダの小学校の先生、日本からの交換学生を初めて受け入れてくださったオーストラリアのM氏などなど。長年お付き合いしている方も少なくありません。

年賀状もクリスマスカードも一年に一度ですが、近況を伝え、旧交を温める機会としては、捨てがたい習慣です。

子どもたちが本物に出会うとき

数年前のことですが、新春早々、テレビで、世界的指揮者である韓国のチョン・ミョンフン氏が、小学校のオーケストラクラブの子どもたちを指導する様子が紹介されました。チョン氏は「演奏は、楽譜どおりに弾くだけでなく、それぞれの曲のイメージを心に描き、曲と一体になって演奏することが大切だ」と教えておられました。また、実際に子どもたちをプロのオーケストラの練習場に招待。目の前で繰り広げられる演奏の迫力を体感するとともに、演奏者との交流ができたことは、子どもたちの、その後の演奏に向かう気持ちを高めるのに大いに役立ったようです。もちろん演奏力もアップ。まさに「百聞は一見に如かず」ということでしょうか。

川崎市では、音楽を地域に広める一環として東京交響楽団が市内で演奏会を開いています。ある中学校を訪問した時のことですが、「迫力ある演奏は生徒たちに大きな感動を与えました」とU校長。学生たちは、プロの演奏を目の前で聞けたことに大感激。子どもの頃に出会った演奏、演劇、芸術、文学など様々なものがきっかけで、学生が、将来その道に進むことを考えることも多いのではないでしょうか。

どんな分野であれ、本物に触れる機会に恵まれるのは素晴らしいことです。幼い頃から感性を磨き、豊かな心をはぐくむことは、明日の社会の豊かさにも繋がります。ゆとりのない時代だからこそ、文化に触れる機会を持ちたいものですね。一人一人の個性が輝くためにも。

ロマンを持つって楽しい！

恐竜が栄えたのは、人類が誕生する遥かむかし。何らかの原因で、絶滅したと言われる恐竜ですが、今でも恐竜の子孫ではないかと思われる生物のことが世界各地で話題になります。なかでも有名なのは、イギリスのネス湖のネッシー。湖に長い首を出して泳いでいる姿は、何度もマスコミで紹介されています。巨大海蛇など別の生物を見間違えたのだとか、模型を使った捏造写真だとか言われてはいますが、結構観光客の誘致には貢献していたようです。日本でも、九州の池田湖のイッシーが話題になりましたね。

以前住んでいたカナダのBC州中央の盆地にあるオカナガン湖には、オゴポゴという恐竜がいると言われています。日本では馴染みのない名前ですが、現地では、いたずら好きで、逃げ足の速いキュートなモンスターとして親しまれ、絵本まで出版されています。また、本の中には、オゴポゴのファミリーツリー（系図）が載っていて、親戚は、世界各地の湖に住んでいるそうで、ネス湖のネッシーは、彼のお姉さんだとか。著者のユーモアのセンスが窺えます。

オカナガン湖周辺は、なだらかな丘陵地帯で、りんご、さくらんぼ、桃など様々な果物の産地として知られています。また、湖畔には、とても可愛い顔をした恐竜「オゴポゴ」の像があり、子どもたちの人気の的です。特に、夏には、多くの観光客が訪れ、賑わいを見せます。我が家の息子たちも、オゴポゴの像にまたがって記念撮影。

恐竜が本当に生存しているのかどうかが重要なのではなく、人々が、「もしかすると」というロマンを持つことは素敵なことではありませんか。

春の象徴、美しい桜花の季節

三月も下旬に近づくと、桜の開花が人々の関心の的。新聞やテレビでも、今春の桜開花予想が報じられるとともに、開花日を予想するクイズまで始まります。日本人にとって、桜は春の象徴であり、お花見は、欠かすことのできない一大イベント。ほんの一週間程度というはかない桜であるからこそ、人々は、その美しさを濃密に満喫したいと感じるのでしょう。また、私たちは、桜を観賞するだけでなく、桜の花の塩漬けで桜湯を、葉の塩づけで桜餅を頂きます。友人の中には、自分で漬けて冷凍して楽しんでいる方もいます。美しい花が終わると、新緑の葉桜を楽しむことになりますね。でも、この美しさを保つためには、手入れも必要です。春の毛虫の駆除もそのひとつ。実家には数本の桜がありましたが、毎年春には、植木屋さんに頼んで、毛虫駆除をしていました。これを怠ると、木の下の草取りができません。桜は、白アリがついたり、病気になったりと結構手のかかる木ですが、手入れ次第で百年以上持つとのこと。アメリカのワシントンにあるポトマック川沿岸の桜が日本から贈られたことはご存じの通りですが、初代の桜は、虫がついたため新たに日本から贈られたとか。

美しい桜並木を保つために、人々が力をあわせ手入れをしている地域も少なくありません。桜を通して、地域の輪が広がるとともに、戸外で活動することで健康増進にもつながっているとのことです。公園でのお花見や宵桜も素敵ですが、車窓から見る桜も乙なもの。武蔵溝ノ口から立川までの南武線沿線はお勧めコースのひとつです。

お茶よもやま話　その二

中国で生まれたお茶は、陸路を通じてアフガニスタン、イランなどを経由し、アラブ一帯に広がり、現在では、生活に欠かせない嗜好品のひとつとして人々に親しまれています。この地域でお茶が「チャイ」と呼ばれるのは、広東語の「チャ」が、語源だそうです。

アラブ地方では、チャイは、ウイスキーグラス程度の大きさの受け皿つきのガラス製の容器で頂きます。イラク駐在中は、我が家では、普段用には、耐熱グラスに近い少し厚手のものを、来客用には、金のストライプが入った薄手のグラスをそろえていました。たっぷりの砂糖がはいったチャイは、ストレートが好きな私には、かなり甘すぎるのですが、イラク人のお宅に伺って、チャイをいらないと言うことは失礼なことですので、太るのを気にしながら頂いていました。

さて、日本では、お茶にはお茶請けのお菓子が用意されていますが、イラクでも似たようなお茶請けがありました。タルト生地に近いものを型に入れ、デーツ（ナツメヤシの実）のジャムなどを入れた上に生地をのせ、型で固めて、オーブンで焼きます。サクサクとしてとても美味。ナツメヤシは町の街路樹として活用されているだけでなく、絞って油をとったり、乾燥して保存できるため、生鮮野菜が少なく、冷凍したものや缶詰を使うことが多い夏場には、貴重な栄養源でもありました。チャイグラスを見ると、イラクで過ごした日々を思い出すとともに、現在のイラクの状況に心が痛みます。

テレビの公開放送って面白い

テレビ番組の公開放送に、初めて参加しました。この番組は、アマチュア音楽家が、プロのオーケストラをバックに演奏できるという新番組で、川崎市での収録が第一回。当時、市制八十周年を迎え、「音楽のまち・かわさき」をテーマとしている川崎市にとって、まさにぴったりの番組でした。何度か公開収録に参加した経験のある次男によると、「放送されない部分が、結構面白い」とか。どんな展開になるのかも楽しみでした。

収録直前に、まず、全体の予定の説明があり、その後は、スタッフの指導で、何度か拍手の練習。日頃何気なくしている拍手ですが、ただ手を叩くというのではなく、番組を盛り上げる美しい拍手の仕方、終わり方を、初めて経験しました。その後、市長挨拶、放送局の挨拶があり、いよいよ開始。市内在住の三名が、オーケストラをバックにトランペット、フルート、マリンバを立派に演奏し、会場からの温かい拍手を受けていましたが、ご家族の皆さんは、演奏中、はらはらドキドキの連続だったようです。司会の方によると、リハーサルよりもずっと良い演奏で、番組的にも大成功だったとのことでした。収録後にも、ゲストの演奏あり、オーケストラの特別演奏ありと、盛り沢山の内容で、しかも無料ということで、大満足の一日でした。

放送当日、演奏および出演者へのインタビューなどが、どう構成されるのかを見るのが楽しみでした。「百聞は一見に如かず」。機会があれば、ぜひ一度参加してみてはいかがですか。

はぎれに寄せる物を大切にする心

パッチワーク、キルト、トールペイントというと、アメリカが本場。

小物も実用的で良いのですが、何種類もの布を使って作られた素敵な幾何学模様の作品に綿をあて、キルティングを施したタペストリーやベッドカバーは圧巻。以前、小さな鍋敷を作った時でさえ結構時間がかかりましたから、大作を作るのは大変だと思います。

ところで、そもそもパッチワークとは、継ぎはぎ細工という意味で、物資が豊かでなかったアメリカの開拓時代に生み出された生活の知恵の一つ。小さくなったり、古くなった服の使える部分を様々な形に切って継ぎ合わせ、再利用したのがそもそもの始まりだとか。

また、物を大切にするという精神は、古い家具や、空き缶などに美しい装飾を施すトールペイントや、日本の着物にも生きています。私が子どもの頃には、母は、毎年着物をほどいて洗い、縫い直していました。また、布が薄くなったところには当て布をしたり、着物として使えなくなったものは、羽織や半纏に作り替えるなど、工夫を凝らしていたのを思い出します。

知人のお母さんは、着物のはぎれを使い、小物を作るのが楽しみの一つ。キルトに匹敵する刺し子が素敵な布巾やコースターは、手作りバザーでも人気の的。

身の回りのものは、工夫して、最後まで使い切るというのが理想ですが、なかなか思うようにはいきません。でも、使い捨て文化を見直し、少しでも昔の人々のように、知恵を働かせることは、資源を大切にするとともに、豊かな心を育むことにも繋がるのではないでしょうか。

掘り出し物に出会うバザーは楽し

バザー、フリーマーケット、ガレージセールと聞くと、何か掘り出し物に巡り合うかも知れないと、足を運んでみたくなりませんか。世田谷で毎年開かれる「ボロ市」は、有名ですね。でも、そんなに有名でなくても、タウン誌やミニコミ誌には、地域のあちこちで開かれるバザーの情報が載っています。

私が代表をしているボランティア団体でも、年に二回リサイクルバザーを開催しています。会を設立した二十年前は、まだまだお歳暮など贈答品も多く、一日でかなりの収益がありましたが、最近は、贈答品も少なくなり、出店に必要な品物を集めるのに一苦労。それでもたくさんの方が出店されるのは、不用品を処分するだけでなく、売り手と買い手の値段の駆け引きを楽しんだり、売り上げで、他のお店から欲しい物を買ったり出来るからでしょう。

カナダでは、週末の新聞にガレージセールの情報が満載。中には、「開始時間より早く来ても売りません」と注意書きがあることも。でも、良いものを見つけるためには、早めに行って待つのが当たり前。私も、子どもの絵本や玩具、普段着などをそろえるのに重宝していました。特に、ミッキーマウスのクッションは、子どもたちのお気に入り。クラスメートにも、披露していたのが印象的でした。自分には必要ない物でも、他の方に必要な物もあります。部屋の片隅に置かれた段ボール箱に、粗品や不用品を入れておき、バザーの準備をするのも楽しいものです。

教育で文化をつなぐカナダインディアン

カナダの西海岸には、今でもたくさんのカナダインディアンが住んでいます。カナダインディアンのルーツはもともとモンゴル系のため、日本人と同様、赤ちゃんのお尻には、蒙古斑があります。ただ、現在では、いろんな民族の血が混ざっているため、外見は様々です。

息子たちが通っていた小学校は、インディアン保護区に近かったため、クラスの三割近くがインディアンでした。そのため、インディアンの生徒対象に、インディアンの歴史や、文化などを学ぶ特別選択科目も準備されていました。更に、秋には、保護区出身の子どもたちを対象に、インディアン独特の方法でサケを捕獲する技術を習得するため、実際に野外で一週間ぐらい過ごすプログラムもありました。この試みは、年々、混血が進み、インディアンと認定される人が少なくなってきたこと、西洋文明の生活になり、インディアンの文化の継承者が少なくなってきたことなどに危機感を覚え、設置されたということでした。

また、一般の生徒も、家庭科や美術の時間に、インディアン保護区に行って、機織や、パンの作り方をインディアンの方から学びます。この時間は、送迎ボランティアをすると、親も生徒と一緒に学べるため、よくついて行ったものです。パンはイーストを使わないため、短時間で作れ、しかも、とても香ばしくて美味。機織は、小型の織り機を使ってコースターや飾り物などの小物を作って楽しんでいました。

文化は、時代とともに変わっていくものですが、地域の大切な文化を教育現場でも取り組み、後世につないでいくことは、見習いたいものです。

歴史や生活習慣、社会背景で異なる笑い

大阪の実家に帰るときは、のぞみに乗るとわずか二時間半弱で新大阪。一眠りしている間に着いてしまいますが、文化に関しては、まだまだ、関東との距離は遠い気がします。

最近はお笑いブームで、毎日のようにお笑い系の番組がありますが、友人の中には、関西の笑いが分からないとか、好きでないと言う方もいます。「内容がばかばかしくて、品が悪い」というのが理由のようです。でも、それだからこそ、頭の中を空っぽにして、笑えるのではないでしょうか。「ああ美味しかった」と同様に、「ああ面白かった」も、人それぞれ。

ところで、関東と関西の笑いが違うように、日本と外国の笑いも違います。コメディー番組などで、視聴者の笑い声が入ったものがありますが、北米のコメディーでは、意味が分かっても笑えないことがあります。特に、風刺を含んだものなどは、歴史や、生活習慣、社会背景などを理解していないと分かりません。

これは、漫画にも言えることで、英語の意味が分かっても、面白く感じません。北米で人気のある犬や猫が主人公の漫画は、日本でもキャラクターとしては人気がありますが、内容は、文化背景が分からないと笑えないことが多々あります。しかし、カナダで育った息子たちは、小学生時代からそれらの漫画を読んで笑っていました。異なった文化圏で育ったことが、柔軟な感性を生み出しているということでしょう。

「笑う門には、福来る」。笑ってストレスを解消するのも一つの健康法。大阪出身の私にとっては、くだらないといわれるお笑いが性に合っています。

新旧トイレにまつわるエピソード

人間にとって、トイレは必要不可欠のものですが、時代の変遷の中で、トイレも随分変わってきています。

開店したばかりの居酒屋に行った時のこと。そこのトイレでは、水洗レバーがなく、ウオッシュレットのパネルの上の部分がスイッチになっていました。また、洗面所では、洗面台の端にセンサーがあり、「ここに手を当てると水が出ます。使用後は、もう一度手を当てると水が止まります」とありました。蛇口と離れているため、水の無駄遣いになり、あまり感心しないシステムです。また、最近は、自動的に流れるところもあり、レバーを探す必要もなくなりつつあり、一安心です。

レストランなどでは、お洒落なインテリアや、スタッフの応対、落ち着いた雰囲気に加え、居心地の良さが感じられるトイレがあるということが、「この店に、また来たい！」と思う一つの条件かも知れませんね。

昔は和式だけが並んでいた小学校のトイレも、現在では、一部を洋式に替えている所が多いそうです。実は、海外から帰ってきた子どもや外国人の子どもの中には、和式トイレの使い方が分からないため、家に帰るまでトイレを我慢して体調を壊したり、学校に行きたくなくなったりする子どもがいます。また、都会で育った子どもが、田舎に旅行した時、昔ながらの汲み取り式トイレに出会うと、怖くて行けないという話も聞きます。

若い頃、海外旅行の添乗員をしていたときは、出発前に、お風呂とトイレの使い方を説明していましたが、なかには、「洋式トイレでは用を足せないため、滑り落ちないように注意しながら、上に乗って用を足した」という方も。いずれにしても、「トイレ」は大切な生活文化の一つであることには違いありません。

自分を律するイスラム教のラマダン

世界三代宗教の一つであるイスラム教では、一年に一度、イスラム暦の第九月（ラマダン）に一ヵ月間断食をします。イスラム暦は陰暦のため、太陽暦では毎年十日ほどラマダンの時期がずれていくことになります。

一般に、断食というと、飲まず食わずでずっと過ごすことを考えますが、ラマダンは、日の出前と日没後は食事をとることができます。しかし、イスラム教徒の多いアラブ諸国は、夏になると五十度を超す時期が数ヵ月続くところも多く、水分補給すら出来ない夏のラマダンは、かなり過酷な修行といえるでしょう。

ただ、乳幼児、妊婦、授乳中の母親、病人、老人などは、断食をしなくてよいとされています。しかし、敬虔なイスラム教徒ですと、体力が回復した後、個人的に断食をするそうです。離乳後に、断食をした知人のナイジェリア人は、「断食が出来るようになったことを感謝しています。ラマダンは、自分を律する良い機会でもあるのです」と話していました。

断食を始める年齢は特に決まっていませんし、はじめから一ヵ月続けなくてもよいそうです。イラクでの家主Mさんの家庭では、小学校に入学後、一週間から始め、毎年少しずつ期間を延ばしていました。

ラマダン中にパーティーがあった時のことですが、そこに来ていた友人のパキスタン人のAさんは、「みんな気にしないで食べてよ。大丈夫だよ。これは個人的なことなんだから」と、笑顔で答えていました。異文化を肌で感じる機会が多くなったと感じます。

通販を上手に活用していますか？

ショッピングの嫌いな女性はあまりいないと思うのですが、忙しいと、なかなかゆっくりとショッピングを楽しむことができませんね。こういう時に利用できるのが、通販や、テレビショッピング。私たちの周りには、新聞、クレジット会社、デパート、生協など様々な通販情報があふれています。

家に居ながらにして、日々の食品から日用品、家具に至るまで手に入る通販は、特にアメリカやカナダなど広大な土地に人々が点在して住んでいるところでは、日常生活に欠かすことのできないものです。

学生時代、ホームステイしたときに、初めてアメリカの大手デパートのどっしりと厚いカタログに出会いましたが、まさにカルチャーショックで、日本との生活形態の違いをまざまざと感じたものです。昭和四十年代の日本ではまだ見かけない大型家具や電化製品までそろっているカタログは捨てがたく、帰国時に持って帰ったのも懐かしい思い出です。

通販とともに最近多いのはテレビショッピング。見ていると、別に買う予定のないものでも買いたい気分になってくるから不思議です。実家の母は、時々利用していましたが、不必要なおまけは、私がもらってバザーに提供しています。

また、企業などで利用されている事務用品の通販が一般でも使えるようになり、コピー用紙から、封筒、また、ラーメンなどの食品まで、様々なものが購入できます。しかも注文すると翌日には届くので、とても重宝です。

いずれにしても宣伝に惑わされることなく、入手した情報を取捨選択して、上手に活用したいものです。

頂いて嬉しかった御見舞い品

健康で、日々を過ごせることが一番良いのですが、時には病気で入院することもあるでしょう。また、知人の御見舞いには何を持っていくのがよいかと思案することもしばしば。一般的には、無難な現金やお花を贈ることが多いのではないでしょうか。

実は、私も数年前、出産以来初めて入院し、御見舞いを頂く立場になりました。たくさんの友人、知人が御見舞いにきてくださり、お話をするだけで元気がもらえたのが何よりのプレゼントでしたが、その他のプレゼントの中で、重宝した品を幾つかご紹介したいと思います。

まず、一つ目は「テレカ」。これは、最近ご主人が盲腸で入院したばかりのMさんから。院内では携帯が使えないため、テレカは必需品でした。最近は使わないから引き出しに押し込んだままという方もいるでしょうが、大事に取っておきましょう。でも、病院によっては、使えないかもしれませんね。

二つ目は「携帯ラジオ」。これは、入院した経験があるSさんから。消灯の早い病院では、眠れない夜を過ごすのに重宝。テレビも聞けるため、テレビカード節約のためにも大いに役立ちました。予備の電池の準備もお忘れなく。

三つ目は「書籍」。これも、入院経験のあるTさんなど数人から。手術後しばらくは活字を読む気分ではありませんが、その後の時間つぶしには読書が一番。漫画、エッセイ、軽い小説などがお勧め。

もちろん、御見舞いに行くチャンスがないに越したことはありませんが、もし、親しい方が入院されるようなことがある場合には、これらの品をちょっと思い出してくださいね。きっと喜ばれることと思います。

お茶よもやま話　その三

紅茶と言うとイギリスと言うぐらい、アフタヌーンティーのことは有名ですね。しかし、紅茶の産地として有名なインドの紅茶に関しては、そんなに一般に関心をもたれていない気がします。十九世紀にインドのアッサム地方で自然発生していたお茶が発見されてからは、インド各地やスリランカなどでお茶の栽培が盛んになり、それぞれの産地にちなみアッサム、ダージリン、ウバなどの名前がついて人々に親しまれています。

緑茶が不発酵茶なのに比べ、紅茶は、発酵茶なのはご存じの通り。お茶を中国からヨーロッパに船で運ぶ途中で何らかの理由で自然発酵したのが、紅茶の始まりとか。

インド出身のMさんによると、「インドでは、なべにお湯を沸かし、茶葉を入れた後、牛乳と砂糖を入れるロイヤルミルクティーを飲みますが、日本人に出すときは、砂糖を好みで入れてもらうようにしています。また、紅茶に、シナモンやしょうがなどのスパイスを入れて楽しむことも一般的です」ということでした。

スパイスティーは美味しいので、自宅で楽しみたいのですが、しょうがに比べ、シナモンは安くありませんので、シナモンスティックをスプーン代わりに使って、紅茶をかき混ぜながら香りを楽しむことはそうそうできることではありません。ところが最近は、インド料理店や、パキスタン料理店、また紅茶専門店などが各地にありますので、本場仕込みのロイヤルミルクティーを気軽に楽しむことができます。

一味違う紅茶を試してみては？

出産は一大事業！　されど母は強し

女性にとって出産は、人生の一大事業。妊娠中も、子育ても大変ですが、逆に母親でないと味わえない喜びも多いはず。とは言うものの、出産はやはり大変なことに変わりありません。北米では、正常分娩の場合は三日、帝王切開でも五日と、日本より入院期間が短いのが特徴です。日本人より体力があるから大丈夫なのかもしれませんが、帝王切開をしたカナダのMさんは、退院後数日は這うように歩き、とても家事どころではなかったと話していました。

一方、Nさんは、出産後一週間で車の運転をし、子どもの学校の送り迎えをしていました。しかも、車内には、生まれたばかりの赤ちゃんが籠に寝かされているのにびっくり。十三歳以下の子どもだけ家に置いておくと罰せられるため、致し方ないのでしょう。それにしても、たくましいですね。

ところで、日本でも昔は出産を自宅ですることも多く、出産後は一ヵ月ぐらい寝て養生していたそうですが、韓国では今でも一ヵ月ぐらい養生する方が多いそうです。

韓国出身のYさんは、「韓国では、出産後三週間は、入浴とトイレ以外は床について体を休めます。もちろん家事はしませんし、その間、冷たいものは一切口にせず、手や口を洗うのもお湯を使います。また、母乳がよく出るようにと、食事と食事の間にも牛肉入りのワカメスープを飲むのが昔からの習慣です。家で一番良い部屋を与えられ、大切に扱われるこの三週間は格別の気分ですね」と話していました。

環境は違っても、「母は強し」ということは共通のように感じます。

芸術に国境なし　アジアをつなぐ音楽

日本のアーティストの中には、アジア諸国で活躍している方がたくさんおられます。それぞれの国の人々に、音楽を通じ、日本を知ってもらう一つの機会と言えましょう。また、アジアの国々から日本に来て活躍しているアーティストも少なくありません。彼らの出身国に関心を持ち、その国を訪れたり、言葉を学ぶきっかけになることもあるでしょう。知人のMさんもその一人。ハングルを学び、検定試験にも合格。川崎市の姉妹都市である韓国の富川市からの訪問団の方々との交流会では、日頃の成果を発揮して大いに楽しんでおられました。

音楽だけでなく、ドラマや、映画、書籍などを通じ、それぞれの文化を理解したり、人々の交流が深まることはすばらしいことです。

川崎市では、毎年二日間、「音楽のまち・かわさき　アジア交流音楽祭」が開催され、ミューザ川崎シンフォニーホール（現在修復中）で、韓国、中国、日本のアーティストのコラボレーションコンサートが開催されます。また、屋外の数カ所の特設ステージでは、川崎市在住のアジア出身の演奏家を中心に、多くの演奏家が出演するなど、街のあちこちでアジア各地の音楽が気軽に楽しめる二日間です。駅周辺には、各国料理の屋台も出るため、これを機会に様々な国の料理を体験する人も少なくありません。この音楽祭は、日本人とアジア文化圏の人々が、楽しみながら、互いに理解を深めるいい機会となっています。

政治の世界では、色々ありますが、音楽をはじめ、様々な芸術活動を通しての交流は、今後益々広がっていくことでしょう。まさに、「芸術に国境なし」ということですね。

「能」と切っても切れない「狂言」

こっけいな物語や芸が中心だった「猿楽」が、室町時代に観阿弥・世阿弥親子により芸術性豊かな「能」になったのは、ご存じの方も多いでしょう。

能の入門講座で講師をお願いしたKさんによると、「演目は、昔は、初番目物の神から男、女、狂、そして五番目物の鬼まで続けて演じていましたが、一日かかるため、現在では、源平の武将を主人公にした物語が多い二番目物と狂言の組み合わせで演じることが多い」とのこと。また、舞台の上をすべるように歩く様からは、気が付きませんでしたが、「能は、衣装と面をつけしかも中腰で歩くため、公演は一日のみ」というのが、他の演劇と違う点だそうです。

さて、能と切っても切れない関係にあるのが「狂言」ですね。

狂言には、能の前場と後場をつなぎ、能に登場する人物を紹介したり、舞台の展開を説明する「間狂言」と、独立して演じられるものがあります。

中学生の頃、初めて狂言を見たのですが、その軽妙な動きとセリフに魅了されました。

川崎で、和泉流の狂言の公演があった時のことです。Ｉさんによると、狂言は、沖縄では「ちょうぎん」石垣島では「きょんぎん」と読むとのこと。また、石垣以西の与那国島、竹富島にも狂言が伝わっているそうです。Ｉさんは、石垣島の「きょんぎん」が最近十年間演じられていないと知ったのがきっかけで、同じルーツの狂言を、コラボレーションし上演することにしたそうです。川崎には、沖縄出身の方が多く、公演時には、県人会から伝統芸能のプロが、囃子方と地謡を担当するなど、川崎ならではのコラボレーションも実現できました。いろんなエピソードを知ると、古典芸能にも関心が出てきます。

裏方は舞台を成功させる黒子的存在

私たちが、様々な文化芸術、芸能関係の企画をするとき、出し物の中身をどうするかということが一番の関心事ではないでしょうか。もちろん、プログラムの構成、出演者などを確定し、計画することは言うまでもありませんが、当日を迎えるまでに、どういう手順を踏むか、また、当日の段取りはどうするのかということも大切なことです。

出演者は、観客の前で脚光を浴びますが、裏方さんは、あくまで舞台を成功させる黒子的存在。しかし、舞台を使うときは、音響、照明、舞台設営など、会場の専門家とどう関わっていくかが、プログラムの進行に、大きく影響します。

ここ何年か、コンサートや舞台の企画に関わっていますが、いわゆる洋物と和物では、出演者の裏方に対する態度がかなり違うということを感じています。

先日、狂言の公演に関わったときのことですが、とにかく、出演者や関係者の腰が低いのにびっくり。会館のスタッフの方によると、「和物の場合は、能、狂言、日舞、邦楽など伝統的なものが多く、礼儀作法が芸の根底にあるので、まず、礼を尽くすということが身についているのでしょう。プロ、アマの差なく、礼儀正しい方が多いようです」とのことでした。

妥協せずに舞台を作るということは芸術家にとって大切なことでしょうが、それも裏方あってのこと。

いずれにしても、それぞれが協力して一つの舞台を作り上げていくわけですから、互いに気持ちよく進めたいものです。相手の立場を尊重する「心のゆとり」も必要ですね。

うっとうしい梅雨と雨に思う

毎年梅雨の季節が近づくと、気分も何となくすぐれなくなる気がします。

梅雨は、日本だけのものかと思っていましたが、中国や韓国でもあるとのこと。それぞれ、「梅雨」、「長魔」と言うそうです。

ところで、この季節の雨を何故「梅雨」と言うのかご存じですか。辞書によると、梅の実が熟す頃の雨と言うのが語源。また、露やカビで物が悪くなるという意味の「ついゆ」から「つゆ」、陰暦の五月に降るので「五月雨」とも言われるようです。日頃何気なく使っている言葉でも、時には辞書を引いてみると新たな発見がありますね。

傘は、雨の日の必需品であると同時に、ファッションとしても欠かせないもの。一人で何本も持っておられる方も多いでしょう。新しい傘を買ってすぐどこかに忘れてきたなんていう体験をしたことはありませんか。私は既に二本。一本は電車の手すりに掛けたまま降り、慌てて駅員さんに話して連絡をとってもらったところが、既にどこかへ。とても気に入って買ったものだけに残念でした。それ以来、高い傘を買うのを躊躇してしまいます。

さて、傘は必需品と言いましたが、誰もがそうとは限りません。海外で長く生活していた子どもたちの中には、傘をさす習慣が身についていないことがあります。これは、現地での雨が、いわゆる小雨、通り雨などが主ですぐ乾くため傘が必要なかったからです。我が家の息子もその一人。ハワイから帰国したHさんの長男もそうだとか。「かなりの雨でも本人は気にならないらしく、平然と歩いて出かけるのよ」。風邪を引かないかと心配するのは親ばかりのようです。

近頃は、優しい雨ばかりではなく、ゲリラ雨が襲ってくることも。その地域に合った対応で、梅雨を乗り切りたいものです。

趣味と実益兼用の家庭菜園は、収穫の季節

近頃は、ベランダで、ミニ家庭菜園を楽しむ方も多いのではないでしょうか。我が

家でも、子どもが小さい頃には、ピーマン、ネギ、シソなど簡単に栽培できるものをちょこっと作って、楽しんでいました。野菜が日々生長するのを見るのは、花が美しく咲くのを楽しむのとはまた別の楽しみがあります。

鉢植えでさえそうなのですから、家庭菜園をしている方は、楽しさも倍増でしょう。

友人のY夫妻は、自宅前の土地を借り、年間を通じて野菜や果物を栽培しています。無農薬で育てられた野菜はみずみずしく、とても美味。「家族でも食べきれないし、皆さんに美味しいと言っていただくのが一番嬉しいの」という言葉に甘え、ありがたく頂いています。

また、地方に小さな家を立て、家庭菜園に週末通っているM夫妻は、収穫すると、ホームページで成果発表。「立派なかぼちゃが出来ました」と写真入で誇らしげに載せてあります。「夏は、毎週行かないと野菜が枯れていないかと気が気じゃない」とのこと。毎日世話できないため、手入れが行き届かず、虫にやられたり、枯らしてしまったこともあるそうです。でも、三時間運転した後、野菜を見ると疲れも飛んでしまうとか。

学生時代にお世話になったカリフォルニアのH夫妻も、様々な野菜を庭で育てていました。食事前に「今日は、何がいいかしら」といいながら熟したものを取っていくのがとても楽しげでした。八十歳を越えた今も、家庭菜園は続けておられるそうです。

趣味と実益を兼ねた家庭菜園は、健康に良いばかりでなく、コミュニケーションにも役立つようです。

窓辺にできた、待望のマイコーナー

念願の、マイデスクをようやく購入しました。家族の中で、机を持っていなかったのは私だけ。主婦は、ダイニングテーブルを自由に使えるので机はいらないと思われているのでしょう。でも、いくら広くても、食事時には、仕事を中断するだけでなく、一旦すべてを片付けなければなりません。そして、再開できるのは、さみだれ式に帰宅する家族の食事が終わってから。結局、深夜に仕事をすることになってしまいます。

友人のMさんは、家の中の整理をし、念願のマイルームを確保。「いつでも、心置きなく仕事ができるので、とても快適よ」と満足げなMさん。机に書棚にPCと、事務必需品がきれいに並べられているのを見て一念発起。人口密度が高く、荷物の多い我が家ですが、何とかならないかと考えた結果、マイルームとはなりませんでしたが、ついにマイデスクを手に入れたのでした。

数回の引っ越しでふたが動きにくくなっていた古いエレクトーンを処分し、そこに机を置くことにしました。丈が低くなり、部屋も心なしか広く感じるというおまけ付きでした。息子が使っていなかった蛍光灯をおき、ようやく完成。ダイニングの窓辺に、とても居心地の良いマイコーナーができました。

ひとつのものを手に入れるためには、何かを処分するしかありません。でも、それぞれの状況に応じて、一番必要なものを、必要なときに手に入れることは、とても大切なことでしょう。皆さんも、マイ……を検討してみませんか。きっと新しい発見があることと思います。

注文時に嬉しい心のこもった応対

高級レストランではなくても、一人で、または友人たちと食事をしたりお茶を飲んだりすることは、よくあることです。私は、打ち合わせをする時などは、店内が広く、長時間気兼ねなく過ごせるファミリーレストランを利用します。

ところで、レストランに行けば、何かを注文するのは当然。でも、注文の受け方は、店によってそれぞれです。

メニューが決まった頃に、「お決まりでしょうか」とさりげなく注文を取りに来てくれると嬉しくなってしまいますが、時には、いくら待っても来ないことがあり、イライラすることも。テーブルにベルが付いているとほっとします。

友人のMさんが、仕事でアジア諸国に行った時のこと。ある店では、ウエイトレスが、テーブルの図が入った用紙に、席に合わせて注文を書き、間違わずに料理を出してくれたことに感激したそうです。とても合理的だとは思いませんか、また、仙台で時々訪れるラーメン屋さんでは、注文を一切復唱しないで覚えておき、ちゃんと客の前に出してくれるそうです。Mさんは数名で行ったとき、「覚えるのが大変でしょう」と聞くと、「この程度は、店のメニューなのだから覚えて当たり前です」と言われ、さすがプロと感心したと話していました。

ファミリーレストランや居酒屋などは、従業員もアルバイトが多いことと、メニューが多いため、覚えるのはむずかしいかもしれません。注文を間違えないために復唱するのもよいでしょうが、コーヒーを頼んだだけでも復唱されるのは、ちょっとうんざり。

マニュアルどおりの応対は、心地よさでもあり、また、時には、わずらわしさでもあるようです。いずれにしろ心のこもった応対が何よりですね。

パーフォーマンスは料理のスパイス

もう三十五年近く前になりますが、イラクのバグダッドにはじめて出来た外国料理店、イタリアンレストランでのこと。手の上でくるくる回して生地を作るピザ職人。

生地を落とさないかと、はらはらしながら見ていると、あっという間に形を整え、台に載せてトッピングを並べ、大きな直火の焼き釜に。ほっとしたのもつかの間、たちどころに良い匂いがあたり一面に広がり、食欲をそそります。家族が、視覚と味覚とで楽しめる貴重なレストランでした。

パーフォーマンスと言えば、鉄板焼きレストランも、結構面白いですね。塩、コショウを大げさにふりかけ、焼きあがった肉を一口大に切って客に出すのは、ひとつのショウと言えるでしょう。

サンフランシスコの、チョコレートファクトリーでは、チョコレートの工程がガラス越しに見られ観光客の人気の的。出来たてのチョコレートがかかったケーキや、アイスクリームは絶品でした。でも、日本に比べ、サイズが大きいのにはびっくり！

知り合いのパキスタン人が経営するレストランでは、ナンを焼くところが見えます。とても香ばしく、お代わりする人も。

すし職人の華麗な握り方、バーテンダーのシェーカーをふる音、屋台のたこ焼きやたい焼きに至るまで、私たちの目を楽しませてくれる技は、料理の素敵なスパイスです。

どんな新顔がデビュー？　味わい深いジュース

ジュースは、何と言ってもフレッシュジュースが一番。オレンジ、アップル、グレープなどひとつの果物だけのジュースもいいのですが、さまざまな種類の果物を混ぜたミックスジュースはまた格別の味がします。

今では、家庭用のミキサーやジューサーが普及し、手軽にジュースを作って楽しむことが出来ますが、私が子どもの頃は、バナナが高級品でしたので、外出時に喫茶店でミックスジュースを飲むのが楽しみのひとつでした。

友人のYさんは、毎朝、バナナジュースや、にんじんなどの野菜に青汁を混ぜたものを飲んでいます。健康に良いのでしょうが、青汁だけは好きになれません。何種類か試したことがありますが、青臭く、飲み続けることは出来ませんでした。飲みやすくなったという宣伝に再度挑戦しましたが、まだまだ。今のところは、野菜のミックスジュースに、少しケフィアの入ったものを飲むのが精一杯。

ここ数年、マンゴーが、結構人気の的で、ジュース、シャーベット、アイスクリーム、プリン等、デザートとして親しまれています。インドやパキスタン系のレストランでは、ヨーグルト味のラッシーが主流ですが、店によってはマンゴーを入れたマンゴーラッシーがあります。味がマイルドで、とても美味しく病み付きになります。

また、あるお祭りで、友人のブラジル人から薦められたのが、パッションフルーツジュース。さっぱりして、また違った美味しさに、こちらもお気に入りメニューに登録。

これから、どんな新顔が出てくるのか、楽しみです。もちろん、美味しいのが一番！

散策で「わが街再発見！」今年は地域に目を向けて

永年住んでいても、仕事や子育てに忙しくて、なかなか地域のことを知る機会はありません。もちろん、知識として神社仏閣、史跡など知っているかもしれませんが、関心を持たない限り、自分の住んでいる地域に目を向け、じっくり楽しむところまではいかないのではないでしょうか。

周囲には、地域の歴史、民話、関わりのある人物など郷土史を研究している方も少しずつ増えてきています。その中には、地域の歴史ガイドのボランティアグループで活躍している方も。

私が住んでいる高津区にもいくつかの歴史散歩コースがあります。ベテランのガイドボランティアの方の引率で、二時間近く歩いたことがありますが、昔の街道や道端にさり気なく残る、お地蔵様や庚申搭、寺社建立の由来、昔の地形などなど、知らないことばかり。あっという間の二時間でした。

また、市内の社会科の先生のOBの方々手作りの「かわさき散歩」は、とても分かりやすく、読んでいるだけで、その道を歩いている気分になります。特に手書きの地図は、市内散策の参考書として、また中学生の社会科教材としても重宝されることでしょう。

地域には新しい建物なども増え、日々景観は変わっていきますが、散策を通して、歴史を感じたり、新しい開発に驚いたり、農地の作物の出来具合をみたり、森林など自然を味わったり、また、様々な施設が提供する文化財に接したりと、様々な楽しみ方が出来るのではないでしょうか。

皆さんも、ときには、「わが街の新たなる発見」を楽しんでみませんか。

特技を生かして活動するには、頭も体も考え方も柔軟に

年とともに、体が硬くなり、屈伸運動もままならないと言う方も少なくないように思います。

私も、最近は、あまり運動する機会が少ないためか、腰が痛くなったり、足がつったりすることが多くなりました。ヨガや気功などを続けていたときは、体も柔らかく、身も軽かったのですが。

リタイアした主人は、職場体操の代わりに、テレビ体操を毎朝続けています。また、バスや徒歩で買い物に行くのも運動のひとつ。何か特別なことをしなくても、体全体を動かしていると体調も良いようです。

また、体ばかりではなく、頭もやわらかいに越したことはありません。近頃は、柔軟な発想を促す番組も多くなりましたが、単に知識があれば出来る問題ではないため

結構むずかしいですね。

少しでも頭を柔らかくするのに役立つかと、ゲームを買ってみました。読み、書き、そろばん等の基礎問題のほか、記憶能力アップの問題もあり、結構楽しめます。「あなたの脳年齢は二十五歳」なんて出ると嬉しくなりますが、夜遅くためすと「六十五歳」なんてことも。

また、いろんな場面に遭遇したときに臨機応変に行動することや、自分の考えに固執しないというのも柔軟性のひとつでしょう。

地域での活動に参加するシニアの方たちの中には、それぞれの経験の豊かさゆえ自己主張が強く、柔軟な対応が出来ない方も見受けられます。お互いの特技を生かし元気に活動を続けるためには、体も頭も、そして考え方も柔軟になることが必要ではないでしょうか。あなたの柔軟度は合格ですか。

カーテンに見るお国柄　気候や環境で使い方に違い

ビルの窓は、素通しが多いですが、住宅街の窓は、無地のものから、ストライプ、柄物など、様々個性豊かなカーテンで彩られています。特に、デザインされたレースのカーテンと、おしゃれな小物で飾られた出窓に出会うと、思わず足を止めてしまうことも。

我が家は、角部屋で窓が多いため、カーテンもたくさん必要です。最初は、カーテンだけでしたが、しばらくして、寒さと日差し対策、そして多少の目隠しのため、ブラインドもつけました。おしゃれではないかもしれませんが、実用的です。

カーテンや、ブラインドは、単にインテリアというばかりでなく様々な用途があります。もちろん外から見えないようにというのが一番の目的でしょう。

以前住んでいたイラクでは、日中五十度を超えることもあるため、カーテンは、暑さを防ぐのにとても重宝でした。もちろん、厚手のものでないと役に立ちません。また、昼食後は、昼寝の時間ですので、遮光のためにもカーテンは必要でした。

一方、北の国カナダにいた時も、カーテンは必需品。一般の住宅街では、道路から建物までの前庭には芝生があるものの、柵がほとんどないところが多く、カーテンがないと家の中が丸見えです。また、北欧諸国も同様でしょうが、夏の日照時間が長いため、夕方になるとカーテンを引いて家の中を夜モードにします。これで、睡眠不足にならずに済むというわけです。

カーテンひとつでも、その土地の気候や環境により、使い方に違いがあるのを実感します。

アジア料理を介し、中学生がボランティア体験

春休みを利用した中高生対象のボランティア講座最終回に、「アジアを味わおう」と題して、料理を通じての国際交流とボランティア体験報告会を行いました。ゲストは、韓国のIさん、台湾のUさん、インドのAさん。メニューは、水餃子、チジミ、カッテージチーズのサラダと、中学生でも簡単に作れるものばかり。

自己紹介の後、早速調理開始。まず、餃子作り。「家でも包むのを手伝っているよ」と得意そうに話す学生も。次はチジミ。今回は、ジャガイモをすりつぶして生地に入れました。「あれ、りんごみたい」と言う声も。「日本のお好み焼きと違って、薄く、カリカリに焼くんですよ」とIさん。香ばしい香りが辺り一面に漂います。

牛乳にレモン汁を入れると、見る見るうちに固まってできるカッテージチーズには、みんなびっくり。「水分を絞っただけでは、すっぱいので、サラダに使うときは水洗いをします。絞り汁は、栄養満点ですから、ぜひ飲んでください。砂糖を少し入れてもいいですよ」とAさん。

みんなで、出来た料理を囲んでの話も弾みます。中学生それぞれのボランティア体験を聞いて、「韓国では、教会でのボランティアが少しありますが、単位取得のために来ている程度ですね。日本の中学生が、このように積極的にボランティアに関わっているのを知って、感動しました」とIさん。他の二人も、「私たちの国でも、ボランティアをするということは、余りありません。とても感心しました。このような機会を持てたことは、とても良かったと思います」と話していました。お互いに、いい出会いの場であったようでした。

魚よもやま話　鮭にまつわる料理あれこれ

四方を海に囲まれた日本では、魚や海産物は、古代より食生活を支える大切なものでした。近年になって、肉食が多くなったとはいえ、まだまだ、魚の摂取量は多いのではないでしょうか。特に、魚には、脳に良いと言われる不飽和脂肪酸のひとつであるＤＨＡなどが多く含まれるため、健康に関心のある方には、欠かせない食材と言えます。

また、魚偏の漢字が多いことも、日本人と魚との関係が密接であることを感じさせます。でも、読み書きがむずかしく、一般的なもの以外は、なかなか覚えられませんね。

近頃は、スーパーなどの魚売り場では、世界各地から来た魚が並んでいることも当たり前になりました。カタカナの名前が付いていますから外国の魚だと分かりますが、見た目も、味も、日本の魚と似たものが多いのに驚きます。

子どもの頃の鮭の思い出と言えば、年末にいただく荒巻鮭。とにかく、少量で、たくさんご飯がたべられ、最後はお茶漬けで締めくくるというのが定番でした。今では、甘塩、生鮭などマイルドなものが多くなり、食卓にのぼる回数も増えています。

カナダのバンクーバー付近では、鮭の種類も豊富で、いろんな味が楽しめます。中でも、キングサーモンのステーキは美味で圧巻。また、何と言ってもスモークサーモンは有名で、お土産としても重宝されています。食べ方としては、ケッパーを散らし、レモン汁をかけたり、マリネにするのが一般的でしょうが、シソを巻いたり、わさび醤油で食べるなど、和風でいただくのもお勧めです。ぜひお試しください。

アフリカ生まれの打楽器　マリンバの素敵な音色を堪能

日頃から交流のあるマリンバ奏者の演奏会が、市内の教会で開かれるとの案内があり、出かけました。奏者は、各地の神社仏閣、旧家の蔵など歴史的な建造物での演奏を中心に活躍しておられる川崎市在住のO氏。

会場は、八十人ほどが入ると満員になりそうな、こぢんまりした礼拝堂でしたが、さすが教会とあって、音の響きが良く、マリンバの素敵な音色を堪能することができました。

O氏によると、マリンバは、アフリカで生まれた打楽器のひとつで、木の板にひょうたんを付けて音を共鳴させていたものが、時代と共に変化して現在の形になったとのことでした。

「楽器があれば、一人で演奏できますし、クラシックから、ポピュラー、ラテン、日本の曲まで、何でもこなせるのが気に入っています。もちろん、他の楽器や、オーケストラとのコラボレーションも楽しいのですが、昔の建物や庭を会場にしたコンサートは、その土地の歴史を肌で感じながら演奏できるので、一番好きですね」とOさん。史学科で歴史を学んだというOさんならではの、こだわりの演奏活動です。

当日は、雨上がりで少し蒸し暑く、しかも満員でしたので、会場にはクーラーが入っていましたが、演奏中は、「自然の音を聞いてもらうのが一番」ということで、人工的な音はカット。これも奏者のこだわりのひとつ。静寂の中で演奏されるマリンバの響きが心地よく、聴衆は大満足でした。

なお、マリンバは、ばらして運ぶため、毎回組み立てるのに時間がかかります。演奏前後の準備にも思いをはせて演奏を聞きたいものです。

驚きのお酒やお風呂事情　ロシアに隣接する黒龍江省

中国では、北京や上海は、ビジネスまたは観光で訪れる方も多いでしょうが、ロシアと隣接している黒龍江省はどうでしょうか。黒龍江省は、山に囲まれた広大な平原にあり、その中心は、日本にも馴染み深いハルビンです。

黒龍江省の地方都市チャムスで育ち、ハルビンで大学時代を過ごしたHさんは、「ハルビンは、漢民族が主ですが、多民族都市で、ロシア、モンゴル、イスラムをはじめいろんな文化があります。夏は四十度、冬はマイナス四十度という寒暖の差が激しいためか、食事は、辛いもの、味の濃いもの、しょっぱいものが多いですね。健康的とはいえないでしょうが、やはり、故郷の味が、一番美味しく感じます。また、五十度近い強いお酒が好まれ、男女の差なく、お酒は強いですね。昨年帰ったときに、日本のお酒を持っていったのですが、皆から水を混ぜたのではないかと聞かれ、がっかりでした」と話していました。

来日して驚いたことを伺うと、まず、自宅にお風呂があること。ハルビンでは、湿度が低いことも関係しているのでしょうが、シャワーのみで、お風呂は銭湯に行くそうです。

また、大学の授業が選択性であること。ハルビンでは、学部や学科は選択できても、授業は一律とのことでした。

国によって、いろんな違いはありますが、共通点を見つけることも楽しみのひとつ。ちなみに、冬は、国際氷雪祭という札幌の雪祭りに似たお祭りがあるそうです。

地図によると、Hさんの故郷のチャムスは、ハルビンとハバロフスクの中間近くにありました。

あなたは何分待ちますか？　国で違う時間の概念

時間の概念は、国によってさまざま。皆さんは、人との待ち合わせで何分ぐらい待てますか。十分、それとも二十分でしょうか。

現在は、携帯が普及していますので、「まだ来ない」とイライラすることも少なくなったかもしれませんが。

私は、今まで、いろんな国の方とお会いしていますが、おおむね、日本人の時間の正確さを知っているためか、時間通り来られます。しかし、中には、お国のルールのまま行動する方もいないわけではありません。

インドのJさんは、急ぐことが苦手。料理の講習会では、会場の予約時間内でと話していたにも拘らず、あくまでマイペース。スタッフが手伝って、何とか時間内に終了。

それ以来、会場は一日借りることにしています。

また、ペルーのNさんと駅で待ち合わせたときは、連絡が取れなくて、結局三十分待ちました。日本人相手ならとても待っていませんが、南米では三十分ぐらいは遅れたうちに入らないと聞いていましたのでガマンガマン。

日本では、電車は時刻表どおりに到着して当たり前ですが、少しでも遅れるとアナウンスが入るのに、外国人はびっくり。「こんなことで、何度もアナウンスするなんて、これを騒音だとは思わないのですか」と聞かれ、なるほど、そういう考えもあるのかと、妙に納得したこともありました。

時間を守ることは大切ですが、たまには、ゆったりとした時の流れを楽しんでみる心のゆとりも、必要かもしれませんね。

世代で違うナツメロ　団塊パワー炸裂の兆し？

年に何回かは、テレビで「懐かしのメロディー」略して「ナツメロ」を紹介する番組が企画されますが、みなさんにとってのナツメロとは、いつの時代の歌でしょうか。

私の両親にとってナツメロといえば、戦前戦後の歌が中心で、子どもの頃は、「古いなー」と思いつつも、母が、とても嬉しそうに聞いていたのが印象的でした。

団塊の世代が、リタイアを迎え、ナツメロも、カントリーウエスタン、ジャズ、フォーク、グループサウンズが中心になりつつあります。

七〇年代の曲をまとめたＣＤが発売されていますし、都内では、昔、若者に人気のあった歌声喫茶が復活し、とても盛況のようです。

また、リタイアした方が中心になって、ハワイアン、ウエスタン、フォーク、ジャズなどのバンドを結成し、地域で活躍しているというニュースも、新聞等でよく見かけるようになりました。

近頃は、音楽教室が団塊の世代の人気の的とか。初めて楽器に接する方も、久しぶりに楽器を手にする方も、きっと懐かしい歌の数々と再開されることでしょう。それぞれの地域で、自分に合ったナツメロを楽しむ場が増えることは、青春を懐かしむと共に、第二の人生を豊かに過ごす良いきっかけにつながるかも知れません。

弦が切れたまま物置に眠っているギター。早く直して、ナツメロの数々を弾いてみなくては。

移ろいゆく季節　旬の野菜や果実に秋を感じて

暑い夏が過ぎ、いつのまにか、空の色、風や日差しまでが、秋の気配に変わっていきます。季節の移り変わりを感じられるというのは、素敵なことですね。

スーパーの青果売り場では、国内産ばかりでなく、世界各国から、輸入されるためでしょうが、さまざまな野菜や果物が、季節を問わず年間を通して並んでいます。いつでも好きな食材を手に入れられる便利さはありますが、やはり、旬の野菜や果物には季節感が感じられ、格別の味がします。

カナダのバンクーバー近郊では、マツタケが採れ、安く手に入りましたので、秋の味覚を満喫できました。ただ、締まった形の小ぶりのものは、日本の料亭用、高級食材店用に輸出されるため、地元では、あまりお目にかかれませんでした。笠が開き、サイズも倍以上と大きく、味も大味、香りも薄かったのですが、焼きマツタケをはじめ、土瓶蒸し、マツタケご飯、時には佃煮まで作って楽しむことが出来ましたので、大満足。

ファミリーレストランでは、季節ごとにデザートのメニューが変わるのが、楽しみのひとつです。中でも、イチゴ、クリ、紫イモなど、季節感あふれる食材は、魅力的で、食事よりはデザートに心が惹かれます。でも、食べすぎは禁物。天高く……になってしまいますね。

野菜や果物に比べ、ファッションの世界では、季節より一足早く商品が店頭に並びます。まだ早いと思っているうちに、商品が入れ替わるため、特に合物は買いそびれてしまいます。体型が変わらない時は手持ちのものでワンシーズン過ごして、次のチャンスを待ちますが、そうでないときは大変。しまったと思わないよう気を付けたいものです。

新しいことへの挑戦！　生きがいを求めることが、若さの秘訣

年を重ねるごとに、新しいことを覚えるのが遅くなりますが、それに反し、忘れるのは早くなったように感じます。前日の夕食のメニューが思い出せないと、脳が老化しているといわれますが、結構「なにを食べたっけ」と考え込んでしまうことも。

体力、記憶力などなど加齢とともに低下するのは仕方がないことでしょうが、生きがいを持った生活を続けることは、若さを保つ秘訣のひとつではないでしょうか。

ボランティア、音楽、絵画、山歩きなど、多彩な活動をしている方も周囲にはたくさんおられます。退職後は予定があまりなく、手帳も白い部分が多かった方が、地域でいろんなことを始めると、あっという間に予定がいっぱい。現役時代以上に忙しいという方も。

友人のYさんは、最近、旅行で撮った写真やビデオ、孫の成長記録などをＤＶＤに編集することを覚えました。知り合いの方に教わりながら編集の技を磨き、今では、説明文をつけたり、ＢＧＭを入れたり、ズームを使ったりできるようになりました。「これからは、忙しくなるわ。今まで整理しないであった写真の数々を、時間をかけて編集するのが楽しみよ」と話すYさんの顔は輝いていました。

「可能性への挑戦を常に続けること。何事も自分で出来ないと思うな、やってみないと分からない」。若かりし頃、上司のM氏から聞いた言葉です。

以来、この言葉を座右の銘として、来る者は拒まずと、さまざまなことに関わってきました。多くの人との出会いは、更なる広がりにつながり、新たな挑戦の機会が訪れます。

今日と一味違う明日に向けて。

第二章

夜のコーヒー

外国人市民代表者会議から地域活動へ

川崎市には、百ヵ国以上の国から来日している外国人市民が住んでいます。一番多いのは、韓国、次いで中国、フィリピンと続きます。上位十ヵ国ぐらいは、ほぼ変わりませんが、その時代の社会情勢により、年ごとに順位は変わるようです。このようにさまざまな国の方が住んでいる川崎市には、外国人市民の意見を反映させる機関として、外国人市民代表者会議があります。公募による二十六名の外国人が、年に八回ほど集まり、生活に関する課題を話し合い、市に対して提言を出しています。区役所での多言語表示、学校でのお便りのルビ打ち、外国人に関連のある情報の多言語化など、提言から実現した施策も少なくありません。一期二年ですが、二期継続する方が多いことからも、外国人市民の会議への期待が高いことがわかります。

また、会議のOB有志が集まり設立された団体は、現在では、日本人のメンバーも加えて、NPO法人として、国際理解に関わる活動を続けています。小学校や中学校での外国文化の紹介プログラムや、子育てサークル、環境を考えるサークル、地域のイベントへの参加など活動は多岐に亙っています。

この団体のコアメンバーは、当時、私がコーディネートしていた学校での外国文化紹介に、何度か協力していただいていた方々でした。子どもたちの前で、母国の紹介や、文化などを披露することに、初めは、「自分にできるかしら」と、不安気な方もいましたが、回を重ねるごとに自信がつき、生き生きとして子どもたちに接するようになりました。

このように、地域の中で、外国人が主体的に関われるようになるために背中を押すことも、外国人支援の重要なポイントです。

モンゴルの風を感じて

留学生として内モンゴルから来たSさんは、卒業後、日本と祖国両方で音楽活動をしています。彼の奏でる馬頭琴は、モンゴルの草原を連想させるさわやかな音色であるとともに、馬たちの躍動感も表現されていて、聞く人を魅了します。Sさんとの出会いは、第一回多文化共生コンサート開催の時でした。コンサートは、外国人の支援を目的に立ち上げたのですが、その第一回の目的が、モンゴルからの留学生の支援でした。当時すでにプロ活動を始めていたSさんでしたが、依頼を快く受けてくれました。また、支援対象の留学生の仲間も応援団として、民族衣装に身を包み、モンゴルの伝統的な曲を演奏して舞台を盛り上げてくれました。

なかでも、小学校の教科書でも紹介されている「スーホーの白い馬」の朗読とSさんの馬頭琴の演奏は、人々の心を打つ素晴らしいものでした。

モンゴルの住居として知られているパオを携えて自由に草原を移動する遊牧生活は、必需品のみ持って移動する過酷な生活だと思いますが、子どもの頃から馬に親しみ、草原を駆け巡る生活は、身も心もゆったりとできるという利点もあるようです。

子どもの頃は、馬で学校に通ったというSさん。「日本での生活は便利だけれど、モンゴルの草原に帰るとホッとします」とにっこり。ふるさとは、いくつになっても、心のよりどころなのかもしれません。モンゴルの風と共に、日本各地にさわやかな馬頭琴の音色が届けられることでしょう。

スポーツで広がる交流

次男は、幼い頃合気道をしていましたが、高校卒業後は、中国拳法に熱中し、北京まで遠征。その後バスケにはまり、チームを作って活動していた時には、練習会場で出会ったバスケの経験のある外国人が、チームに入ってきたこともありました。小学生時代をカナダで過ごした息子にとって外国人との交流は特別のことではありませんでしたが、チームメイトにとってはいい国際交流の機会となっていたようです。

バスケに関しては、あこがれのＮＢＡの試合を見るためだけに、友人とニューヨークやロスへ行き、試合会場の近くのホテルに泊まり、朝から夜まで、いろんな試合を観戦するのが楽しみで、観光には全く関心がないようでした。

しかし、練習中に、ダンクの失敗で骨折をしたのを機にバスケの活動を中止。その後始めたのが、お隣の国、韓国のテコンドー。これまた始めて間もなくであったにもかかわらずソウル遠征に参加。初心者にはかなり厳しい合宿だったようですが、その後も継続し、二級になった時に仲間とともに支部を立ち上げました。練習を熱心にする傍ら、バーベキューをしたり、遠くへドライブに行ったりと親睦を深める中で、とてもいい仲間に出会ったようです。現在は二段になり、指導者としても活動しています。最近は、テコンドー強化のためにと、仕事の合間にボクシングジムに通うなど、技を磨くことに余念がありません。結婚相手もテコンドー仲間で、将来は、親子でテコンドーをするのが夢だとか。小学生時代は、カナダでサッカーコーチに「もっと走れ！」と言われても、「疲れた」と言って、ボールを追っかけるのを断念していたのがウソのようです。スポーツを通して、年齢も、環境も違う仲間と出会えるということは、仕事では得られない貴重な経験です。自分の得意とする分野で、同じ目標を持った仲間と出会えることは、素敵なことですね。

お気に入りのほっとスポット発見！

仕事や活動で出かけた時に、ランチをどこで食べるかは、結構悩みの種です。事務所周辺では、決まったところに行くことになりがちですが、その中でも、自分のお気に入りのランチスポットを見つけるのが楽しみのひとつです。

手作りのおにぎりとみそ汁、お惣菜を選べる店、関西味のうどんの店などいくつかのマイほっとスポットがありますが、事務所の近くにあるSは、一番のお気に入り。そこは、昔ながらの食堂という小さなお店で、店内も決しておしゃれでもありませんが、なぜか、居心地の良いお店です。和食中心のメニューのため、年配客が多いようですが、ダイエットにも効果的と、毎日のように通っている若い女性もいるようです。

マスターは、針金細工が得意で、お店の壁面や店頭にはたくさんの作品が飾ってあります。特に店先の作品は、動く仕掛けが施してあり、道行く人が立ち止まって見ていくほど素敵な作品です。今年の夏の作品は、水車が回って涼しげでした。秋には、羽が動くトンボがお目見え。

「どうすれば、動力が伝わるのか。また、バランスや重力などを考えながら作品を作るのが好き」と、笑みを浮かべて語るマスター。お店より、針金細工をはじめ、さまざまな作品を作ったり、話したりしている時の方がずっと楽しそうです。季節とともに、食材が変わる美味しいランチを楽しむことはもちろんですが、季節ごとに変わるディスプレイを見るのが楽しく、ついつい足が向いてしまう素敵なほっとスポットです。

音楽喫茶で、楽しく元気に

私が関わっているNPO法人では、数年前から、新たなプログラムとして「音楽喫茶」を開催しています。会場は、駅からすぐのこぢんまりした喫茶店で、店の一角にはアップライトのピアノが置いてあります。現在は、月一回、日中のお客が少ない時間を借りていますが、決してすんなり始められたわけではありません。この喫茶店のマスターは、最初は気乗りがしないようで、なかなか「うん」と言ってくれませんでした。その後、夜にバンド演奏に場所を貸し始めたのを知り、夜が良いなら、昼も何とかなるかも知れないと再度交渉し、とりあえず年四回の開催許可をとることができました。マスターも団塊の世代ですから、昔の歌声喫茶も知っており、始めてみると意外と楽しいプログラムだと思っていただいたようで、その翌年からは、毎月開催できることになりました。

歌声喫茶と違う点は、途中で、お茶とケーキでティータイムを入れること、ピアノ伴奏者に、一曲歌っていただくことでした。ナビゲーターとしては、曲の時代背景や、思い出など参加者と共有できることを織り交ぜながら進行していきますが、毎回終わると「今日は楽しかった」といっていただけるのが励みになります。一人でこられた方が、次にはお友達を誘ってきてくださると、嬉しくなります。参加者は、女性が多いのですが、リタイアされた男性もちらほら参加されています。歌唱指導などはしないで、とにかく好きなように歌うことが、参加される方に人気があるポイントのひとつです。最近のテンポの速い歌などに出会うと、お手上げという方も。「聞いていると簡単だと思ったけれど、歌うとけっこう難しいね」と互いに納得。大きな声で歌うこと、外に出て、いろんな方とおしゃべりできることは、若さを保つ秘訣でもあるようです。

瀋陽の歌姫

中国瀋陽市から来日当日に、お母さんに連れられてきたＣさん。ソウルで一泊したので時差は大丈夫と元気溌剌のお嬢さんでした。早速、当日開催されるある団体のクリスマスのパーティーに参加。子どもたちに交じって、外国人の姿もあり、国際色豊かな会場の雰囲気にほっとした様子。Ｃさんは、あいさつ程度の日本語しか話せませんでしたが、食事をしながら、お母さんの通訳で、みんなと楽しそうに交流をしていました。有志による楽器演奏をはじめ、歌や踊りが披露されていましたので、チャンスと思い、二人に中国の歌を披露してはと提案。言葉は通じなくても、音楽での交流は世界共通ですから、日本語の心配もありません。数時間前に来日したと聞き、皆さんびっくり。Ｃさんの素晴らしい歌声に、拍手喝采。「日本語を勉強して、一日も早く皆さんと話ができるようになりたい」と話していたのが印象的でした。

Ｃさんは、大学で日本語と声楽の勉強をつづけ、あっという間に、流暢な日本語で話せるようになりました。もちろん声楽のレベルも上がり、コロラトーラを歌えるまでに。コンサートに出演していただいた時に歌った「夜の女王」は、学生とは思えない素晴らしいものでした。一方、お母さんが十年前から続けている「日中友好コンサート」にも出演するなど地域での交流も積極的に行っていましたが、大学卒業、イタリア留学などを経て、現在は、出身地である瀋陽の音楽大学で先生として活躍しています。今でも、時間の許す限り、年一回の母娘コンサートに来日して、旧交を温めています。川崎の市民団体が瀋陽市を訪問した時には、現地で受け入れ担当として、奔走してくれるなど、まさに、日中の架け橋役として活躍しています。毎年、夏になると、さわやかな瀋陽の歌姫の声を聴くのが楽しみです。

スリランカのダンス継承者

国には、それぞれの特徴あるダンスがありますが、古くから伝わる踊りは、神にささげるもの、神をたたえるものが多いようです。スリランカの古都キャンディに伝わるキャンディアンダンスもその一つ。ダンスの継承者の一人であるSさんは、日本でレストランを経営する傍ら、キャンディアンダンス研究所を開設し、日本でのダンスの普及を目指しています。

Sさんが日本に興味を持ったのは、ダンスを学ぶために女子大生が三カ月ホームステイしたことがきっかけだったとか。その後、公演で、日本に来たのですが、スリランカやキャンディアンダンスのことを日本人にもっと知ってもらいたいという思いで、改めて来日したそうです。

キャンディアンダンスは、横長の太鼓のリズムだけで踊るダンスですが、さまざまな踊りがあり、見ていても楽しくなります。二〇〇九年には、キャンディアンダンスを学ぶ子どもたちが来日し、素晴らしい踊りを披露してくれました。公演の前には、まず、神様に祈りをささげるのが習わしとのことで、Sさんの依頼で、その補佐役として参加しました。舞台の一角に飾られたローソクで、キャンドルサービスのように周りのローソクに点火し、神への感謝と舞台の無事を祈ります。この厳かな儀式を通して、「これは単なる踊りではなく、神にささげる踊りなんだ」ということを改めて感じました。

Sさんは、研究所でダンスを指導するほか、子ども文化センターのダンスサークルの指導もしており、そこで学んだ小学生が、イベントで民族衣装をまとい、きれいにお化粧をして、ダンスを踊るまでに成長しています。堂々とした踊りは、大人顔負けの腕前でした。「ダイエットにも効果があるので、ぜひ皆さんも踊りませんか」。Sさんからのメッセージです。

音楽でつながる子育て世代

市内には、子育て中の母親が作るサークルや団体がたくさんあります。読み聞かせ、自主保育、情報発信、交流サロンなど、多くは子育てにかかわる活動ですが、最近は、ママさんバンドもいくつか生まれています。最初にできたのは、たしか横浜の団体だったと思いますが、メディアで紹介されたことから、学生時代ブラスバンド部で活躍していたママたちの音楽魂に火が付いたようです。市内にもいくつかの団体がありますが、会員の集め方は、今風にインターネットでの呼びかけだったそうです。それぞれ三十名から五十名ぐらいのメンバーで、練習は午前中。これは、幼稚園や小学生の子どもが帰ってくる前の時間を有効に使うためです。三歳以下の乳幼児は、練習場の床で他の子どもたちと遊んだり、音楽を楽しんだりしています。中には、おんぶをして楽器を演奏しているママも。たくましいですね。

今年は、日頃から関係のある三団体のママさんバンドの演奏会に行きましたが、どこも親子づれで満員です。クラシックからアニメソングまで、幅広い曲を演奏していますが、プログラムには、ママさんバンドらしく、会場と一緒に楽しむコーナーや、子どもたちが参加するコーナーがあり、とても和やかな雰囲気です。「子どもが泣いたら、外に出て、落ち着いたら入りましょう」とのアナウンスがありますが、多少泣いても何のその。お互い様で気にならないのでしょう。

好きな楽器を吹いて、日頃のストレスを発散させることはもちろんでしょうが、お互いに子育ての悩みを話したり、支えあったりできるいい仲間に出会えたことが一番の幸せではないでしょうか。

多文化共生への道

帰国子女の親が集まり、外国人支援、多文化共生社会を目指して始めた活動も、はや二十年。団体のメインスタッフは、介護や孫の世話が生活に入ってくる年齢となりました。帰国子女や外国人を受け入れる環境は、昔と比べかなり改善されていますが、まだまだ課題は残っています。地域の国際意識を変えることは、そんなに簡単ではありません。いつまで続けられるかわかりませんが、あと五年は頑張ろうと、スタッフで話し合っています。

三月の震災後には、「すごい地震と津波だったようですが、川崎は大丈夫ですか。心配しています」と、韓国からLさんが電話をくれました。Lさんが留学していたのは、十年以上前のことですが、帰国してからも、仕事で来日すると、時々電話をかけてくれます。父親が亡くなったため、大学院途中で帰国したLさんは、今でも日本のことを気にかけてくれています。

三月下旬には、以前日本語サロンに来ていたOさんが、久しぶりに日本に帰ってきました。

帰国の数カ月前から、メールで地域の情報を連絡して、帰国準備のお手伝いをしていたのですが、十年近いブランクも何のその、二十周年のパーティーでは、懐かしい仲間と再会し、旧交を温めていました。

二十年にわたる活動を通じていろんな出会いがありました。楽しいことが多いのですが、久々の外国人からの電話は、何か問題が起こったとき。冠婚葬祭や、日常の生活に関する問い合わせはすぐに解決しますが、離婚、ＤＶなど深刻なものは、電話だけでは解決しません。長期戦になることもありますが、必要な情報を提供し、できるだけ解決につながるようサポートを続けています。「便りのないのは良い便り」とはよく言ったものですね。

「多文化共生」の実現に向け、新たな一歩がまた始まります。

著者プロフィール

小倉 敬子（おぐら けいこ）

1947年生まれ。大阪府堺市出身。神奈川県川崎市高津区在住。

1969年、（株）富士海外旅行入社、1974年退職後、イラク、カナダで数年間を過ごす。

（公財）かわさき市民活動センター理事長。

1990年、海外での経験をもとに、LET'S国際ボランティア交流会を設立し、国際理解、多文化共生に関わる事業を推進。異文化交流アドバイザー。元国立音楽大学附属中学校講師。

川崎市行財政システム改革懇談会、川崎市子どもの権利委員会、川崎市市民活動支援指針策定委員会、川崎市協働のルール検討委員会、宮前区地域協働のまちづくりシステム審査委員会、川崎市都市型コミュニティー検討委員会などの委員を歴任。

現在、高津区協働推進事業協働事業提案・外部評価団体選定委員会委員、高津市民館運営審議会副会長、有馬・野川生涯学習支援施設運営協議会会長、市民活動推進委員会副委員長、保土ケ谷区市民活動センター評議会議長、NPO法人市民文化パートナーシップ理事・事務局長などを務めるとともに、各種シンポジウムパネリスト・コーディネーター、大学・区役所・市民館等での講演・講座講師を務める。

執筆掲載：「文部時報」「国際週報」「子どもの権利条例」「月刊自治研」「ぎょうせい」「社会教育」東京新聞「川崎の外国人」（連載終了）、タウン誌セリーズ「昼下がりの紅茶」（連載終了）ほか
著書：「ぼく、バグダッドに帰りたい」（文芸社）
編纂：「にじ—帰国子女事例集」（LET'S発行）

昼下がりの紅茶

2012年4月15日　初版第1刷発行

著　者　小倉 敬子
発行者　瓜谷 綱延
発行所　株式会社文芸社
〒160-0022　東京都新宿区新宿1－10－1
電話　03-5369-3060（編集）
03-5369-2299（販売）

印刷所　広研印刷株式会社

ISBN978-4-286-11738-6